ザワ
ザワ
あー ヤバい ヤバい
どうしよ

ウロ
ウロ
どうしよ
どうしよ
そう
慌てんなって
もう10分も過ぎてんの!!
…
そもそも乙井《おとい》がリハでちゃんとチェックしてなかったのが…
はっ
山下《やました》がうろたえるとスタッフが動揺するだろが
一旦落ち着こ
なぁ
…

ハジマリノウタ。

高橋びすい

with stories

だって ほら見てよ!!
ネットで炎上してんのよ
公演遅れてるから
公式たたかれてる
まだまだ
始まる気配ない
待たせんなよー
なぜ始まらん
開演遅延ってなんな
おおう
…まぁ
なんとかなるだろ
ははっ
おーーーい
そうそう
乙井の言う通りだ
なんとかなるなる

外野はうるさい！
まぁまぁ
機材のトラブルくらい
山下ならなんとかできる
三沢《みさわ》は
引っ込んでろ！
ニわ
パニック
なんとかするのが
社長の役目だろ
山下
つうか
近くにいるのに
なぜ来れない
この薄情者！
大人の事情があるんだよ
いろいろと…
山下の得意技で
なんとかしろよー
ん――…

得意技って…
あっ
乙井
サビの部分
ちょっと弾いて
動画撮るから
動画!?
え
なに
なに
おーー
ポーーー
いきなりかよ
…

REC 00:32
はい
OK!!

サササ
ササ…
これでどうよ？
MyTube
ライブ直前激レア映像
《乙井奏太》
otoi
開演が遅れてごめん
機材の故障でもうちょいかかりそう
これで許して！
乙井くーん　大丈夫!!
OK! Good Job!
炎上案件終了!!
おおっ
どや
山下
お前やっぱ
天才だわ

まあねえ♫ふふ
そういえば
覚えてる？
一年の時の
学園祭
おーい
乙井？
やましたぁ？
お前に
助けられた事？
ううん
そこじゃなくて
トラブル
あったでしょ
同じこと
…ああ

そうか　あの時も…
いきなりステージにあがっちゃうんだもん
まぁ…な
今頃どうしてんだろうね
そうだなぁ
今更だけどさー
どうして岩波《いわなみ》先輩　助けたの?
うーん…　それは…

山下さーーん
大丈夫っすー！
回復しました
スタンバイOKっす
ぷっ
たぶんだけど
青春したかったんだろな

なんじゃそれ
まー 話すと
長くなるんだよ
おーおー
後で聞いてやろうじゃん
ばん
いて
動画見たぞ
やったな!
さすがお前ら
おーーい
無視!?
あ…
コッ…

あーーー…

さぁ 行こう!

ひとりぼっちの夜が二つ
合わさって溢れた
笑顔の涙
ぼやけた視界に
ひとすじの光
見えた景色は
孤独の向こう側
出会えて良かった
もう
ひとりじゃない
Are you ready?

Let's Go!!
ワァァァァアアア

届け――……
ハジマリノウタ。

カバーイラストレーション　ＫＵ
コミック制作　川野乃梨

ハジマリノウタ。

目次

＃１　二人のプレリュード

1

初めて楽器を触った日のことを覚えているだろうか？

俺の記憶は曖昧だ。たぶん保育園時代に吹いたピアニカか何かだとは思う。もしかしたら家で叩いた子供用の太鼓かもしれない。

小学校の音楽で吹いたリコーダーとか、中学の音楽でいじった大正琴とか、触れた楽器はいろいろある。そのどれも記憶にあるだけで印象には残っていない。俺にとって楽器なんて算数の計算ドリルと同じで、「学校の課題だから真面目にやるけど、ただそれだけのもの」でしかなかった。

結局のところ俺は、まだ楽器に出会ってはいなかったんだ。

＊

俺が楽器に出会ったのは高校一年の五月……ゴールデンウィーク明けだ。

そろそろ高校にも慣れたころ。連休が終わり、怠《だる》いなぁと学校で一日過ごし、クラスの陽キャ軍団はゴールデンウィークお疲れ会などというよくわからない理由で遊びに繰り出していた。俺はあんまり気が乗らなかったので断り、でも家にまっすぐ帰る気にもなれず、高校の最寄り駅ではなく、その先にあるターミナル駅のほうへと向かった。

行き先は書店だ。特に理由もなく俺は書店に行く。参考書を眺めたり、小説の新刊を見たり、平積みされた新書を見て最近の世情を知ったり……インターネットで情報収集は事足りるという意見も聞くが、書籍の情報も捨てたもんじゃないと思っている。古風な性格なのかもしれない。

でもその日、俺は書店に入らず、その横にある楽器店にふらりと足を踏み入れた。

書店に来るたびに横目に見ていたけれど、音楽や楽器に興味がなかったから特に気にしていなかった。

何の気まぐれか足が楽器店に向いた。

だから俺が楽器店でキーボードを触ったのは本当に偶然でしかない。

キーボードは黒い金属製の台に載せられていた。鍵盤数は六十一。ご丁寧に譜面台まで立てられていて、楽譜もあった。楽譜タイトルには『パッフェルベルのカノン』と記載されていた。初めて見る曲だった。

楽譜はト音記号の五線譜が上段に、へ音記号のものが下段に書かれていた。調号には一切♯《シャープ》・♭《フラット》が使われていないので、ハ長調だとわかった。

音楽経験がないに等しい素人の俺がここまでの情報を楽譜から得られたのには理由があった。中学までの音楽の授業で、調の概念やト音記号、へ音記号による記譜の仕方の基礎をしっかり習っていたからだ。

俺は自分には芸術の才能がないと思っていたので、小中学時代、音楽や美術の実技の成績の不足分を期末テストや小テストなどのペーパーテストで補っていた。内申点もその加点によって底上げし、進学校である県立調部《しらべ》高校——通称チョウ高に合格した。先生からは、この成績ならもっと上の学校も目指せると言われたが、俺としては、ギリギリの内申点と学力でトップ校を受けるよりも、自分の実力で確実に入れる高校を受験した。俺は小心者で小市民なのだ。

楽譜を読むのは遅かったけれど、ハ長調という、ドレミファソラシドの白鍵盤だけ使えばよい楽譜だったから自分でも弾けるんじゃないかと思った。

とりあえず、左手でヘ音記号の部分、すなわち低音部を弾いてみた。

その楽譜はおそらく初心者用だったのだろう。左手パートはほぼ全部単音しかなく、しかも、全音符という、一小節まるまる伸ばす音符ばかり書いてある。白玉と呼ばれ、ポーンとロングトーンを鳴らすだけで済む音符だ。

ドーソーラーミーという低い音が、楽器店に響いた。

左手の指が鍵盤を押し込むと音が出る。ただそれだけのことが、なんだか心地よく、俺はしばらく楽譜通りに左手を動かし続けた。頑張って右手も合わせようとするが、さすがにそれは難しく、でも何かできないかなと思い、とりあえず見えた音符を一音ずつ合わせてみたりした。すると、これまた当然なのだが、右手を合わせると和音になる。

たった二つの音になるだけで、音の色合いが変わった。

また左手だけにしてみる。

静かになる。

右手を合わせる。

豊かになる。

その豊かさを感じると、左手だけにしたときの静かさに深みを感じた。

「楽器やられるんですか？」

女性店員に声をかけられ、手を止めた。

店員は俺より少しだけ年上に見えた。

「いえ……」

俺が否定すると、彼女は驚いたようだった。

「え？　でも楽譜読めてましたよね？　楽譜読めるなら何か楽器をやってるんじゃないかって思いまして」

「いや、やってないです。楽譜が読めたのは音楽の授業でやったのを覚えてただけで……」

「そうだったんですね。楽しそうに弾いてたんで、てっきり経験者かと」

楽しそう？

俺、今、楽しそうだったの？

そして——俺は最後に誰かから〝楽しそう〟と言われたのがいつなのか、思い出せなかった。そもそも自分が最後にいつ〝楽しい〟という感情を抱いたのかもわからなかった。

嬉しいという感情は、常々感じていた。高校に受かったときは普通に嬉しかったし、夕飯がカレーだと嬉しいし、電車が空いていて座れるとやっぱり嬉しい。ポジティブな感情はそれなりに感じているから、毎日が鬱々としているというわけではない。

だけど楽しいは——最後にいつ、思ったんだろう。全然、思い出せない。小さいころはあんなにいろんなことが楽しかったのに。いつの間にか俺は、何かを楽しいと感じなくなっていたらしい。そのことにすら気づけず、ただ息を吸って吐き、飯を食い、そして眠る。

そんなの、生きてるって言えるのか？

——なんて、突然哲学的なことを考え始めた自分に苦笑する。

とはいえ俺は、店員に「楽しそう」と言われ、たしかに今、この鍵盤を押し込む動きに楽しさを感じているのだと気づかされた。

同時に楽しいのがこんなにも気持ちいいのかと驚いた。

「始めるなら、この六十一鍵盤はちょうどいいと思いますよ」

俺の反応から好感触だと思ったのか、店員が営業トークを始めた。

「今なら、スタンド、椅子、ソフトケース、ヘッドフォン、教本がついて、二九八〇〇円です。初心者セットってやつですね。お買い得ぅ！」

どのくらいお買い得なのか、楽器未経験の俺にはわからなかった。

でも……。

「分割払いとかできますか？」

俺は購入を即決した。

「もちろん」

嬉しそうに店員は頷く。

——変わりたいと、思っていた。

なんとなく居心地が悪い感覚。

自分が今いる場所に、なんとなくしっくりこない感じ。

いつのころからかずっと、そんな違和感を覚えながら生きていた。

毎日学校に行き、周りから浮かないよう、教室という名の閉鎖的な水槽の中を泳ぎまわり、勉強をして受験を勝ち抜き高校生になり、家ではそこそこよい息子を演じ……。

まるで問題のない中学生活、高校生活を送りながらも、どこかパズルのピースが欠けているような、あるいはボタンを一か所だけ掛け違えているような……そんな微妙に気持ちの悪い感覚を覚えながら暮らしていた。

その原因の一つがもし〝楽しさ〟の欠如なのだとしたら――。

こんなにも楽しかった音楽というやつは、俺を変えてくれるんじゃないか。

俺は三回払いで初心者セットを購入した。

親にバレて何か言われるのが嫌だった。だから親が仕事に出払っているのをしっかり確認してからこっそり家に入った。なんだか悪いことをしているみたいでワクワクした。

でもやっぱり一番ワクワクしたのは、部屋の中にキーボードを設置して、椅子に座り、ヘッドフォンをつけて、初めて音を響かせたときだった。

ドミソの和音を、両手で。

おそらく世界一簡単な和音。

だけど俺にとっては、新しい世界の始まりを告げる和音だった。

＊

普通の高校一年生の一日っていうのはどういう感じなんだろう。

俺の生活は高一の五月で激変し、おそらく普通ではなくなった。

朝、ギリギリまで寝て、起きて、朝食をとって電車に駆け込む。電車の中で今日の授業の予習や課題を片づける。たとえば、英語のリーディングの授業でその日にやる範囲に目を通す。わからない単語はスマホで調べてメモを取っておく。で、学校では授業を受け、クラスメイトと談笑する。学校が終わると、即刻、帰路につき、帰りの電車で一日分の授業の復習をする。

そして家に帰ったら——音楽だ。

行き帰りの電車内では、予習復習をしながらスマホを使ってサブスクでずっと音楽を聴いている。そこで気に入った曲を、自室でひたすら耳コピし、キーボードで演奏する。ときには和音をネットで調べたりしながら、キーボードで、邦楽洋楽を問わず、新しいか古いかも問わず、なんだったら歌物なのか楽器だけの演奏《インストゥルメンタル》であるかも問わず、サブスクにサジェストされて、気に入ったものはキーボードで弾きまくる。

とにかく曲を弾くのが楽しくて楽しくて仕方なかった。

指や体が疲れたら（意外と演奏をしていると全身が疲労する）、音楽理論を勉強するためにネットの海の中に潜り込んでいく。あるいは、書店で購入してきた音楽理論の本を読んだり、耳コピした曲を楽譜に起こして構造を分析してみたり……座学にいそしむ。

これらの時間を作るために、行き帰りの時間で学校の予習と復習を終えるようになった。バイトがある日は家に帰ったあと、ここまで音楽漬けにはなれないが、バイトから帰ってからは同じような感じだった。

俺が毎日音楽に費やした時間は――バイトがない平日で六時間。バイトがある平日は三時間。バイトがある休日で六時間。バイトがない休日は十四時間。

俺はこの生活を五月から七月……夏休み前までずっと続けた。夏休みに入ると、学校がなくなった分、音楽の時間が大幅に増えた。バイトの時間も増えたが、音楽の時間の増え方はその比ではなかった。一日平均で十時間以上やっていたんじゃないだろうか。

そうして夏休みが明けるころには、もうすっかり音楽なしでは生きていけない十六歳の高校生ができあがっていた。

2

夏休み明けの通学路——。

学校の最寄り駅を出ると、朝早いというのに太陽はギラギラと照っていて俺の肌をガンガン焼いてきた。住宅街を抜け、学校前の坂を登り始めるころにはだいぶ体が汗ばんでいる。

「よう、乙井《おとい》」

息を上げながら坂を登っていると後ろから声をかけられた。

「三沢《みさわ》か……」

三沢拓海《たくみ》——俺の唯一の同中で中学の頃からつるんでるやつだ。俺がクラスで目立たないタイプ……どちらかと言えば陰キャ寄りの人間なのに対し、三沢はゴリッゴリの陽キャだ。成績は俺のほうがいいが、同じ高校に通っているのだから基本的なレベルは大きく変わらない。俺が勉強に時間を使っている間、こいつは遊んでいるはずなのに、中学時代から今までそこまで成績が変わらないので、そもそもの出来が違うのだろう。かといって嫌味なところがあるわけでもなく普通に気が合うので、俺は仲良

くさせてもらっている。むしろ、俺以外にも友達が選び放題な三沢がどうして俺とつるむのか不思議ではある。

三沢と最後に会ったのは終業式の日だ。そのときに比べると健康的に日焼けしていて、夏を謳歌《おうか》していたのがその顔を見ただけでわかる。俺は三沢に比べるとかなり青白い。

「なんか久しぶりだな、乙井」

「夏休み中、一回も行き合ってないもんな」

「うわ、マジか。同じ市に住んでるのに？　おまえ何やってたのさ」

「えーっと、バイト？」

「あー、親父さんの？」

俺の家は少し変わっていて、親が〝乙井塾〟という個人経営の塾を営んでいる。小さいながらも地元ではそこそこ有名な進学塾で、欠員待ちの登録者が十人単位で存在している。

俺は高校入学以来、お小遣いをもらう代わりにそこでバイトしている。もちろん、教科書代や定期代などは親に出してもらっているが、遊びに使う金は基本的にこのバイト代を使う。塾でバイトしていると言っても、さすがに先生をやるわけではなく、

授業が始まる前に生徒に配るプリントを人数分印刷したり、駐輪場の自転車を整理したり、教室の掃除をしたりなど、事務や雑務をこなすだけだ。それでも親父は太っ腹で、時給一二〇〇円も出してくれている。

「夏って言ったら夏期講習だもんな。大変なんだなぁ」

三沢は感慨深げに頷いている。わずかに尊敬のまなざしを感じる。

「まあ、そうだな」

友人を騙《だま》しているような気分になる。たしかにバイトが忙しかったのは嘘ではない。実際、夏期講習がある関係で俺のシフトもかなり多かった。でも俺が友人たちのもとに現れなかった本当の理由は、キーボードを弾きまくったり、それに伴い、いろんな音楽をストリーミングで聞いて耳コピしまくったり、あげくピアノアレンジやらストリングスアレンジをしてみたり、一人で音楽活動をしていたからだ。

正直に話すのは恥ずかしかった。もし話をしていたらその流れでティックトックとユーチューブにあげた「弾いてみた」動画が、どちらも一桁再生しか取れず、枕を涙に濡《ぬ》らした話までする羽目になりそうだ。そんな惨めな目になんか遭いたくない。

三沢とは仲がいいので、いつか話すときがきたりするのだろうか？

「そだ。今日たぶんクラスの連中とカラオケ行くから乙井も来いよ」

「えー」

あからさまに嫌そうな感じで答えてしまった。

「俺なんかいなくたって別にいいだろ。歌、下手だし。引き立て役にはなるだろうけど」

取り繕うように、俺は言う。

「そうか？　俺はおまえの歌、好きだぜ？」

楽しそうに笑う三沢。お世辞なのか本気で言っているのかはわからないが、好きと言われて嫌な気はしない。

ただ、俺の歌は本当にどうしようもないので、気を遣われている感じがどうしてもしてしまう。

俺は歌が下手なおかげで中学時代から学校に居場所があったところもあるので、壊滅的に下手くそで悲しいという気持ちとありがたいという気持ちが半々くらい同居している。

小学校までは大まかに、「成績のよい子」「普通の子」「あまりよくない子」くらいに分類されるだけで、成績の上下が意外と目立たないものだ。ペーパーテストの問題が簡単で、きちんと勉強していれば多くの子がそこそこの点数を取れるので、仮に百点を連発してもあまり注目されない。俺はケアレスミスもするタイプだった。いつも百点を取れるわけではなかったから、そこそこ成績がいい子くらいにしか思われていなかった。小学校時代に「すごく成績がよい」と言われる子は私立中学に入るために受験勉強をしていて、そちらのほうが目立っていた。俺は公立中学に入る予定だったので、あくまで成績がそこそこよい子で留まっていたように思う。

だが中学に入り、最初の中間テストが終わったとき、俺の人生に異変が起こった。

「え」

手渡された成績表を見て、声が漏れた。

1という数字。しかも学年。5段階評価のあれではなく、学年順位だ。

一発目のテストでどういうわけか学年トップを取ってしまった。

え、俺ってそんな頭良かったの？　と驚いた。

たしかにめちゃくちゃ勉強した。小心者なので、入学したての中間テストにビビりまくり、信じられないくらい勉強した。

けれど一位って、そんな……。

まぐれだった可能性は高い。驚異的な上振れ。だが中学一年の最初の学期の中間テストは、範囲も狭いから本当に頑張って勉強すれば、いろんなやつにチャンスがあるのだろう。そして俺はまぐれでそれをもぎ取ってしまった。

中学校の方針で、成績を掲示板に張り出されることはなかったので、本来誰も知らないはずだった。けれど先生の扱いとか、俺に返されたテストの解答用紙を盗み見たやつの情報などから、俺が一位を取ったという噂は広がった。

さっそく、社交性の権化とも言うべき男である三沢が、「おまえ一位だったってマジ？」と訊《き》いてきた。

「マジだ」

「ひゃーすげぇな！　真ん中の俺とは大違いだ」

俺が答えると三沢が盛んに「すげえすげえ」と連呼するので俺は不安になる。ともすると孤高の存在になってしまいかねない一位という順位。クラスで浮いてしまって居場所がなくなってしまうのではないかと怖かった。

そんな俺を救ってくれたのが、下手くそな歌だった。

中一の六月に宿泊学習があった。そのバスの中で事件が起こった。どういうわけかくじ引きでバス内カラオケを歌う人間を決めることになり、そして俺はそのくじに当たった。

凄まじい葛藤に襲われた。俺は自分が超絶音痴だと自覚していたからだ。それを音楽の授業では頑張って誤魔化していた。合唱の際、わずかに声を出しギリギリ口パクにしないくらいの塩梅《あんばい》にしたり……。俺が通っていた小中学校は、けっこう優しいというか、見せしめみたいなことをしない学校だったので、一人で歌わされるという状況も基本なく、小学校から一緒の生徒たちも俺がクソほど歌が下手なのを知らなかった。

断りたかった。けれどここで断ったら、「成績一位なのを鼻にかけて皆を見下す嫌なやつ」になる可能性があった。空気を読めないいけ好かない人間だというレッテルを貼られたら中学時代が終了する。

俺は断腸の思いで歌った。最近はやっているドラマの主題歌。本当に下手くそで泣きたくなった。自分の歌が客観的に下手だと感じられるタイプの音痴はキツい。

当然のようにバスの中は微妙な空気になった。

「なんだ、おまえ歌下手なんだ。乙井にも弱点があったんだなぁ」

そう言ったのは三沢だった。

瞬間、空気が弛緩《しかん》した。

翌日から、中間テストの結果発表以来、なんとなく距離のあったクラスメイトたちが、俺に話しかけてくるようになった。

俺としてはバスの中で完全にしくじり、もうクラスに居場所なんかないと思っていたので、クラスメイトたちの変化にかなり困惑した。唯一、誰にでも分け隔てがなく、当時の俺でも話しかけやすかった三沢に相談してみたところ、

「完璧超人って、どう接していいかわかんないじゃん？　だけどあのバスの一件で、乙井も人間なんだなってみんな思ったんだよ」

という答えが返ってきた。

なるほど、陽キャの分析はなかなかに鋭い。

つまり俺は、成績一位だが歌が下手なやつとして認識されることで、人間扱いしてもらえるようになったわけだ。

そんな、俺を助けてくれた下手くそな歌だが、それでも好き好んで人前で歌いたくはない。

夏休み明けでただですら怠い今日、わざわざ恥をかきになど行きたくなかった。

「今日は来いよ」

しかし三沢はけっこうしつこかった。

「えー」

「作野《さくの》も来るんだぞ？　あいつの歌、聞いてみたくない？」

「え、作野も？」

作野雄大《ゆうだい》は、うちのクラスの委員長で柔道部。真面目に足が生えたような人間で、明らかに堅物だった。眼鏡があいつほど似合うやつを俺は知らない。ただ、どういうわけか、俺と三沢と馬が合い、学校ではよく話をする。

「あの堅物が？　部活はどうするんだ？」

「今日はないらしい。顧問が夏休みを延長してるとかで」

「へぇ〜」

作野が来ると言われると、俺が断るのは難しい。あの作野ですら来るんだから来いよが成り立ってしまう。加えて、あの作野がどういう歌を歌うのか気になってしまった。演歌とか歌うんだろうか？

「わかったよ。今日はバイトないし、行くよ」

＊

「嘘だろぉ」

思わず声を漏らしてしまった。

調部駅近くのカラオケ店で三部屋を借り、男女合わせて十五名のクラスメイトたちがカラオケをしているなか、そのうちの一室で俺は、作野の歌を聞いて驚いていた。

普通にうまい。しかも歌っているのが演歌とかではなく、最近流行りのチル系男性ボーカルソング。声は裏声と地声の間みたいなハイトーンボイス。堅物メガネ柔道部から美声……ギャップ込みかもしれないが、恐ろしいほどのインパクトだ。

「作野カラオケうまいのかよ！　すげぇじゃん！」

三沢がめちゃくちゃ興奮しながら言った。

「うむ。勉強中は俺もスポティファイでいろいろ流し聞きしているからな。勉強する時間が長いやつは歌もうまくなる」

んなわけねぇだろ。だったら俺は学校一うまくないとおかしい。

つまり作野は特別な練習をしているわけではないということか。才能があるって羨ましいな。

なお、俺はトップバッターで歌い、見事に下手くそを開陳し、部屋中の笑いを取った。任務完了済。泣きたい気分だよ、まったく。

そのあと二周ほど個人で歌いまわしたあたりで三沢がパーティー曲を入れたので、部屋全体で歌う流れができた。そこからは定番で盛り上がる曲を各自が入れ始めたので、俺が入れられる曲はなくなった。

「ちょっとトイレ～」

と言い残し、俺は部屋を出た。

用を足したあと、俺はすぐには部屋に戻らず、カラオケ内をぶらぶら散策した。トイレに行ったあとそのまま別の部屋に移動する者もいるので、すぐに戻らなくても大丈夫。歌が下手くそなせいでカラオケはプレッシャーを感じるので、ちょっと一人になって休憩したかった。

――作野くらいうまく歌えたらなぁ。

いや、そんな贅沢は言わない。せめて三沢とか、カラオケに行き慣れてる連中と同じくらい、歌えたら……。

うまい必要はないんだ。ただ〝楽しく〟歌えるレベルでうまければ、それでいい。

再生数が取れなくたっていい。

好きな曲をキーボードで弾き語りしても恥ずかしくないくらい歌えたら、それで——。

実は今日のカラオケ、けっこうショックだった。俺は夏休みすべてを音楽に捧げた。今まで歌が下手だったのは、家に音楽がなかったからなのだと勝手に思っていた。親父もお袋も、本は読むほうだが音楽はからっきしだった。うちには音楽を聴くための道具が何もない。いや、パソコンもあったしスマホを使えば音楽は聴けるが——俺の家では基本、音楽は流れていない。

だから俺がうまく歌えないのは音楽との触れ合いが足らなかったから——そう思うことで自分を慰めていた。

けれど——今日カラオケで歌ってみてわかった。

俺、やっぱ歌、下手だ。

周りの反応は優しい。可もなく不可もなく盛り上がる感じ。クラスメイトたちは大人なのか、下手でも普通に流してくれる。道化を演じて無理に居場所を作ろうとしなくても、それなりの位置に座れる感じがある。中学のころはバカにされることが多かったからずいぶん生きやすい環境になった。

それでもカラオケに行くとどうしても気を遣わせているようで落ち着かない。ここにいるべきではないという感覚に襲われる。

「あ〜〜」

部屋に戻る気持ちが湧いてこない。少し距離を取りたくて、俺はわざと上の階に向かった。トイレが満員だったから別の階に行ったというテイ。バレやしないだろう。

廊下には歌声がダダ洩《も》れだった。どの部屋から聞こえてくる声も俺よりはマシだと思った。

歌がうまい人、多いなぁ、と思う。

俺が下手すぎるだけか？　いや、だけど今聞こえてくる声は、やっぱりうまいような気がするんだよな……。

女性の声だ。声質としては高音部《ソプラノ》。ただ、矛盾するかもしれないが、かなり力強く、芯のある声だ。耳に残るという意味では攻撃的で、しかし一生聴いていられそうという意味では包容力のある、やっぱり矛盾する感情を抱いてしまう、独特な声質――。

俺は思わず部屋の前で立ち止まってしまった。

ずっと聴いていたい、と素直に思った。こんなにうまい人が街のカラオケにいるんだな、とも。

結局曲が終わるまで居座ってしまった。完全に不審人物。しかも次の曲が始まるのを期待している自分がいるんだからタチが悪い。

さすがにそろそろ部屋に戻ったほうがいいか？　でも連続で次の曲が流れるなら、ワンコーラスくらい聴いても大丈夫か……と思ったりしているところで──。

ガチャッと音がして、部屋の扉が開いた。

やべっと思い、慌てて部屋の前から離れようと踵《きびす》を返した。

が、

「お、乙井くん……？」

話しかけられてしまい、俺は足を止めた。

俺を知ってる？

振り返ってみるとそこには、たいそう陰気な雰囲気をまとった女子の姿があった。

野暮ったい長髪。猫背気味の姿勢。校則通りにしっかり着られているからこそ、杓《しゃく》子定規《じじょうぎ》で面白みのない制服。

最初、先ほどの歌声と、目の前に現れた女子の雰囲気が合わなすぎて、俺は彼女が誰なのか思い出せなかった。それくらい巨大なギャップを感じた。

だけど彼女を俺は知っている。

「弦川《つるかわ》？」

彼女の名前は弦川瑠歌《るか》。俺と同じ一年E組の生徒だ。

「き、奇遇だね。ど、どうしたの？」

弦川は視線を斜め下に移動させてから言った。俺が振り返った瞬間、ぱっと視線を外された。明らかに気まずそうだ。俺もちょっと気まずい。

「クラスの連中と来てるんだ。夏休み終わって、久しぶりに会ったやつも多いから遊びにいこうって。始業式で学校終わりが早いしちょうどいいだろ？」

「た、たた、楽しそう！」

「弦川は？　友達と来てるのか？」

「私？　私は一人。一緒に来てくれる人なんて、い、いないよ……！」

——一人？

「え？　じゃあ、さっき歌ってたのは……」

「わわっ！　聞いてたの？　は、恥ずかしぃ……。わ、わ、わ、私……だよ？」

「……」

脳が一瞬、弦川の発言を理解できなかった。

弦川の声は、部屋の外に聞こえてきていた〝彼女の声〟とはあまりにもかけ離れていた。

そして弦川は……こういう言い方はいけないと思うのだが、学校一の落ちこぼれだ。成績はクラスで最底辺。運動もできない。おまけにクラスメイトと目も合わせられないと来ている。

そんな彼女が、あんなにも美しい声で歌を歌う……？

弦川は俺のそばをすっと通り抜けて歩き出した。右手にはグラス。俺のすぐ後ろにあるドリンクバーでウーロン茶を注ぐと、また部屋に戻ってくる。

その間、完全に無言だった。

俺も無言。

「じゃ、そ、そゆこと、で！」

弦川はパッと手を挙げて挨拶らしきポーズをとると、部屋に引っ込み、扉を閉めようとした。

「待ってくれ！」

俺は足で扉を止めた。

痛っ！　と思いっきり足を挟まれた。

なぜ自分がそんなことをしてしまったのか、俺自身もわからなかった。そのくせ口は勝手に動いた。

「聴かせてくれないか、歌」

その言葉は完全に自動的に俺の口から出てきた。意識もしていなかったし意図もしていなかった。

でもだからこそ、俺の本心だったのだと思う。

俺は——弦川瑠歌の歌をもう一度聴きたかった。

「う？」

弦川が口をすぼめて訊いてくる。

「歌！　一緒にカラオケしよう。いや、俺は歌わないけど、この部屋で歌、聴いていきたいんだ」

「え？　え？　友達は……？」

俺はスマホを取り出し、三沢にメッセージを送った。

奏太《そうた》「悪い、知り合いに会ったから、そいつと歌ってくるわ」

拓海「知り合い？　おー、了解」

三沢の返事はあっさりしたものだった。もともと途中参加途中退場ＯＫの緩いカラオケだ。お金はすでに幹事に渡してある。俺のことなんて大して気にしていないのだろう。

「大丈夫だ。さ、歌ってくれ」

俺はソファーにどしっと座った。

座ってから、あまりにも強引な自分の行動に驚いていた。女子が歌っている部屋に突然割り込んで居座るとか、タチの悪いナンパみたいだと今更ながら怖くなった。弦川に叫ばれでもしたら俺の人生は終わりだ。

だが弦川は——相変わらず俺と視線は合わせていないけれど——あまり気にしなかったのか、ちょこんとソファーに座り、デンモクでさっさと次の曲を検索していた。イントロが流れ始めても検索を続け、イントロの間にあと二曲、予約した。かなり慣れた手つきだ。ヒトカラによく来るタイプなのかもしれない。

選曲を終えると、弦川は部屋の前のほうに立った。

その立ち姿は……何て言うんだろう、ぶっちゃけ暗かった。

この世界には何も楽しいことなどないとでも言いたそうな顔をしていて、マイクを両手で持って胸元に寄せているせいか、全体的に縮こまっているように見えた。弦川

のいる場所だけ光が陰っているように感じてしまう。体中から黒いオーラを発散している
みたいだった。

軽快なJポップのイントロがその雰囲気とあまりにもズレていて、騙し絵を見ているような気分になる。

本当にさっきの歌、弦川が歌ってたのか？　もしかして隣の部屋から聞こえていた歌をこの部屋から聞こえていると勘違いしたとか？　安いカラオケ店で壁が薄いから廊下にはいろんな部屋の歌声が反響している。聞き違えてもおかしくはない。

あるいは、本当に弦川が歌っていたのだが、お風呂で歌うとうまく聞こえるのと同じで、廊下に響いてくる歌が異様に上手に聞こえた、とか……。

イントロの最後。これから歌に入る、という瞬間。

弦川が小さく、口を開け、息を吸い込んだ。

そのころには俺の意識は散漫になっていて、弦川へと集中してはいなかった——

——のだけれど。

響いた第一声を聴いた瞬間、俺の意識は弦川瑠歌という歌手へと引き込まれていた。

そっぽを向いていた俺の頭を弦川の歌が摑《つか》んで強引に彼女のほうへと向けた——そんな、意識を鷲摑みにされる感覚があった。

「あ……え……？」

あまりの衝撃に、俺は出どころのわからない声を漏らす。

もはや理解不能の状態だった。うまいとかそういう言葉で言い表せるレベルではない。さっき作野の歌がうまいと俺は思った。たしかにそうだ。ただ、作野の歌に「うまい」という表現を使ってしまうと、弦川の歌に使う形容詞がなくなってしまう。「すごくうまい」とでも言えばいいか？

違う。

そんなんじゃ、全然足りない。

この歌を形容する言葉を、俺は持っていなかった。

一瞬で弦川の歌のことしか考えられなくなってしまう。

それほどまでに強烈な引力を持つ歌声だったのに、実際に弦川の口から出てきたのは囁《ささや》くような優しい声だった。ウィスパーボイスとまではいかないけれど、だいぶ空気の入った柔らかい声……。

弦川はAメロBメロと弱い中にも抑揚がある声で歌っていた。その抑揚が期待感を煽《あお》ってくる。

と、同時に、恐怖心に似たものが俺の胸の中に広がった。

AメロBメロでこの攻撃力だったら、サビを聴いたらどうなってしまうんだろう?

そしてサビが訪れると――。

顔面をぶん殴られたかと思った。

そのくらいの衝撃。

先ほどまでの優しい声ではなく、芯のある力強い声に変わっていた。優しく寄り添うような声から、堂々と存在を主張する声への変化。どっしりと世界に立ち、「我ここにあり」と宣言しているかのような、自信に満ち溢《あふ》れた歌声。

俺は弦川の雰囲気が一変していることに、このとき初めて気づいた。

黒いオーラは霧散し、代わりに弦川にスポットライトが当たっているように錯覚する。丸まっていた背はしっかり伸び、リズムに乗って体が揺れる。

最も見違えたのはその表情だった。

満開の花のような笑顔……。

弦川は輝いていた。

たぶん彼女の歌声に魅せられてしまったのだろう。彼女の歌をそばでずっと聴き続けたい、そう望んでいる自分がいた。

——気づいたら、三曲終わっていた。

「……」

ちょこん、と弦川が俺の隣に腰を下ろし、無言でデンモクを俺の前に置く。

次は君の番だよ、と言っているのだろう。

だけど俺はデンモクを弦川のほうに押しやった。

「次の曲、入れてくれないか？」

「う、歌わないの？」

「俺は歌わない」

「でも……」

「いいんだ。もっと弦川の歌を聴かせてくれ」

俺は言った。一分一秒でもたくさん弦川の歌を聴きたくて。

弦川は頬を上気させると、こくこく頷き、デンモクをいじり出した。

俺はその姿を見ながら考えていた。

——この歌を聴き続けるにはどうしたらいい？　定期的に弦川をカラオケに誘う？

俺は歌わないのに弦川だけ歌う関係。なんか変な感じだ。

今度は二曲入った。

一曲目はアップテンポなロック調の曲だ。声質が一気にワイルドになる。いったい何色の声音を持っているんだろう？

聴けば聴くほど、聴きたくなる歌声だ。

カラオケのミュージックビデオをぼんやり眺めていたら、女性ヴォーカルの後ろでキーボーティストが激しく打鍵している映像が流れていた。

その姿を見ていて、俺の中で化学反応が起きた。

俺はさっき思っていた。弾き語りができるくらい歌がうまく歌えたらなぁ、と。それは弾き語りをしたかったからではは必ずしもない。音楽活動をもっとしっかりやりたかったのだ。

でも考えてみれば、なにも自分で歌う必要はない。

弦川みたいにうまく歌える人がいるなら、歌は任せて俺は楽器を弾けばいい。そうすれば本格的な音楽活動を始められて、しかも合法的に弦川の歌を聴き放題になる。まさに一石二鳥だ。

「弦川！」

二曲終わったところで声をかけた。

そして、

「俺と……音楽ユニットを組んでくれ！」

頭の中で思うままに、弦川にぶちまけていた。

言ってから、本当に誘ってしまった自分に驚く。意外とグイグイ行くタイプなんだな、俺。

でも後悔はない。

俺は弦川とユニットを組みたい。

「……」

俺の言葉を聞いて、弦川はパチパチと二回、瞬《まばた》きした。

よく見ると、弦川は綺麗な二重《ふたえ》瞼《まぶた》で、しかもまつげが長い。相変わらず俺と目を合わせず、伏目がちだ。

弦川は澄んだ綺麗な目を逸《そ》らしながら、

「ユニット？」

とオウム返しに問いかけてくる。

意味がわからなかったか。

「ほら、ヴォーカルの人と楽器弾く人がいてさ。でもグループとは違って二人しかいなくて……」

ユニットを知らない人間にユニットについて説明するのは意外と骨が折れた。国語の成績は悪くないはずなのにうまく言葉が出てこない。言葉をつかさどる脳の部分が、溢れる情熱のせいで機能不全を起こしているのかもしれない。

「バンド、みたいな、もの？」

バンドの意味はわかるのか。

「二人しかいないバンドみたいなものだよ」

「……私、楽器、できない」

「弦川はヴォーカルだ。楽器はできなくて大丈夫。俺はキーボードを弾く」

「……え、えっと……な、なんで私と？」

「は？」

質問の意図がわからない。

え？　理由、わかんないの？

「そんなの、弦川の歌がうまいからに決まってるじゃないか！」

「わわわ私の、う、歌が、うまい⁉」

驚愕《きょうがく》、といった感じで弦川は目を丸くした。

「自覚ないのか？」

「自分じゃ、よく……わからない。自分の歌のことなんて、考えたことない」

歌に入り込みすぎていて自分の声を聞く余裕がないのか？

自分の歌がうまいとは思わなかったから、ユニットを組むって言われて即座に「楽器ができない」なんて言い出したのか。

「それだけうまいと誰かに言われないか？『歌うまいね』って」

「人前で歌ったこと、ない……」

ずーん、と肩を落とす弦川。

「音楽の授業とかで歌わない？」

「独唱、なかった。合唱だと、最初から『てめぇは小さい声で歌っとけ』って言われた。だから私下手なんだと、思ってた。いつも小さい声で、パクパクしてた」

聞いていて腹が立ってきた。

要するに弦川の歌なんかうまいわけないから、周りの連中は歌わないように強要していたってことか。

ふざけんな。たしかに弦川は陰キャだ。見た目は正直、パッとしないかもしれない。

けれど歌を聞く前から下手くそだって決めつけるなんて……。

そこまで考えて、弦川が歌がうまいと知って驚いた俺も同罪だなと思い、ちょっと凹む。

でも俺は弦川の歌を聴いた。

そして断言できる。

弦川は絶対に歌がうまい。

弦川を見下したやつらを見返してやりたい。

「さ、誘ってくれて、あ、ありがとう。でも、わ、わ、私なんかに声かけないほうが、いい」

両手でウーロン茶の入ったグラスを包み込み、弦川は言う。視線はウーロン茶のゆらゆらと揺れる水面に注がれている。

「乙井くん、頭良くて、クラスにもちゃんと馴染んでる。友達もちゃんといる」

「それがどうした？」

「私なんかと一緒にいるとこ、見られたら、ヤバい。陰キャブスで、成績底辺な私になんか、関わらないほうがいい」

「弦川……」

言い返したいことはたくさんあった。

弦川はブスじゃないとか、歌はちゃんとうまいんだ、とか。

一方で、弦川の言うリスクもわからなくはない。教室は戦場だ。ヘマをすればいじめっ子たちの餌食になる危険がある。

実際、今日、弦川の歌を聴く前の俺は、そういうリスクに怯《おび》える雑魚だった。歌が下手なおかげで成績がよくても周りから浮かないで済んでいるなんて考える小物だった。

だが、今はそんなリスクなんか俺はまったく怖くない。

ちっぽけな保身感情を吹っ飛ばすのなんて、弦川の歌声をもってすれば簡単だった。

とはいえ、弦川の懸念はもっともでもある。俺が孤立してしまったら弦川も寝覚めが悪いだろう。

そもそも、ユニットで歌うことの意義を弦川が理解していない可能性も高い。っていうか俺もよくわかっていない。勢いで言い出しただけ。

そう、これはまだ単なる思いつきの域を出ない。

「わかった」

ばん、と俺は立ち上がった。

弦川は少しだけ寂しそうな顔をした、俺の「わかった」を「ユニットを組むのをやめた」と解釈したのかもしれない。その顔を見て俺はチャンスだと思った。

弦川はああ言っていたが、まったくユニットをやりたくないというわけではないんだろう。

弦川はきっと歌がうまいと言われて嫌な気はしていないのだ。

だけど一歩踏み出すには、俺の説明が曖昧で、かつ俺に迷惑をかけるのはマズいとも思っている。

臆病で、それでいて優しい。

だから俺は、弦川にスプーン一匙《ひとさじ》くらいの勇気と、心配はいらないのだという太鼓判を用意してやる必要がある。

「用事ができたから帰るわ。弦川、また明日」

「ま、また明日？　わ、私に話しかけないほうが……」

「それは明日になってのお楽しみだ」

俺はそう言い残し、部屋を出た。

3

「乙井。おい、乙井」

「はい！」

がったーん、と椅子を蹴倒しそうな勢いで立ち上がる。周囲ではクスクス笑い。

少し遅れて状況が頭に入ってくる。

授業中だった。

教壇に立っているのは、俺たち一年E組の担任である安永一美《やすながひとみ》先生。年齢非公表だが、二十九歳と噂の美女だ。

彼女がいるということはつまり英語の授業。そういや今日はリーディングだったな。

「乙井が居眠りなんて、珍しいわね」

「寝不足でして……」

「勉強？　勉強しすぎるとバカになるわよ？　もっと遊びなさい」

教師にあるまじきことを言い出す安永先生。あまり教師教師しておらず、いい意味で緩いので生徒からの人気はそこそこある。

「了解っす」

「じゃあ百ページの七行目から訳して」

「えーっと……」

予習をしていなかったので（電車の中でも寝ていた）やや不安はあったが、問題なく訳し、席に座る。日頃勉強を頑張っている貯金が生きた。普段の自分に感謝だ。

座って授業を聞き始めると、また船をこぎ出した。

眠い……。

つい、徹夜してしまった。

だが、かなりいい〝資料〟ができたんじゃないかと自負している。

今は三時限目。決行は昼休みを予定。寝ないで耐えられるか不安だ……。

昨日から朝までを完全に潰してしまったので、今日明日は、家に帰ってからの時間を授業の復習に割く必要があるだろう。

必要な対価《コスト》だ。

弦川とユニットを組むためだったら、俺はそのくらいのもの、喜んで差し出す。

＊

永遠とも思える地獄の午前授業が終わり、昼休みが来た。

弦川が教室を出るのを確認してから、俺は席を立った。弦川は俺が弦川に絡んでクラスで浮いてしまうことを心配していた。だから俺は教室ではあえて声をかけなかった。

あとをつけるわけでもない。露骨に後ろをついていったら気づかれて逃げられるかもしれないし、クラスの連中も「乙井のやつ弦川のあとをついていったぞ？」と不審がる危険がある。

弦川が昼休みにどこにいるかは、だいたいの当たりがついていた。おそらくボッチ飯スポットのどこかで昼食をとっている。

昼休みになると飯を一緒に食う友達がいないやつがいる。教室で一人で食べていると疎外感を覚えたり、周りの空気を悪くしたりするので、誰の目にもとまらず一人で食事できる場所が必要になる。その役割を果たすのがボッチ飯スポットだ。

その中で最強に君臨するのがトイレ。トイレでするボッチ飯は便所飯と言われて恐れられている。弦川が女子トイレで食べているようだったら昼休みは諦めよう。けれどトイレ以外にもチョウ高にはボッチ飯スポットがある。ローラー作戦で探し回れば、そのどこかにいるだろう。いなければ放課後に再アタックだ。

ボッチ飯スポットその一——職員棟の屋上。

チョウ高の校舎は大きく三つの棟に分かれている。職員室系が入っている〝職員棟〟、ほとんどが教室として使われている〝教室棟〟、化学実験室や社会科用の大教室などが入っている〝隔離棟〟。なぜ隔離棟と呼ぶかというと、一部のクラス（各学年のI組とH組）の教室も入っているからだ。彼らは半ば冗談に「隔離されている」と言われているため、通称〝隔離棟〟となっている。

棟の並びは、正門側から職員棟、教室棟、隔離棟の順で、隔離棟の向こうにグラウンドがある感じ。

それぞれ屋上があり、すべて立ち入り禁止になっている。しかし隔離棟と教室棟は職員棟から遠いのもあり、生徒による侵入があとを絶たない。うちの先生は緩い人が多いので黙認しているようだ。特に危険な使い方をした例もないので問題ないという判断なのだろう。けれどさすがに職員棟のほうはみんな気にして入らない。とはいえ先生の見回りがあるわけではないから職員棟の屋上に入ったところで問題にはならない。屋上で合唱したりせず静かに一人で飯を食っているだけだったら大丈夫だ。日当たりもよく、誰も来ない場所。ボッチ飯をキメるのにこれほどよい場所なんてないんじゃないか。

というわけで俺は意気揚々と職員棟の階段を上り、屋上の扉に手をかけた。

「お、乙井くん……!?」

俺よりも早く弦川のほうが気づいた。屋上のフェンスのへリ、ちょっと段になった部分に腰掛け、弁当箱を膝に置いている。

「弦川。一緒に飯食っていいか？」

「え!?　えーっと……うん、いいよ！」

こくこくと一生懸命頷く弦川。いちいち反応が大袈裟《おおげさ》でなんだか面白い。

俺は隣に座った。取り出したのは弁当ではなくタブレット端末。

「？」

弦川が首をかしげる。

「弦川は飯食っててくれ。その間に俺はユニット結成についてプレゼンさせてもらう」

「ぷ、プレゼン？」

「反省したんだ。昨日は思いつきでまくし立てたから、弦川は俺が何をしたいのか全然わからなかっただろ？　今日はしっかりコンセプトを決めて持ってきたから安心してほしい」

徹夜して作ったプレゼン資料のファイルを開く。

「この資料を見てくれ」

題して〝弦川と乙井のユニット結成について〟。

「これ、乙井くんが作った？」

「もちろん」

「す、すごい。ビジネスマンに、なれそう」

褒められて少し得意になる。

だが勝負はここからだ。プレゼンがお粗末で断られたら目も当てられない。

「というわけで説明させてもらう。まずユニットについて。ユニットっていうのは、ミュージシャンが二人で組むグループみたいなものだ。今回のユニットでは弦川がヴォーカル、俺がキーボードを担当する」

「う、歌えないよ、私！」

「とりあえず最後まで聞いてくれ」

「う……了解……」

俺の圧に怯《ひる》み、弦川は仕方なしといった感じで頷く。

大丈夫、絶対面白いから。

「ユニットを組んで、歌って、演奏する。それだけでも十分楽しいと思う。でも目的もなく漫然とやっていると、いずれモチベーションが落ちてくる。時間の無駄に感じられるかもしれない。だからきちんと目的を設定した」

スライドを進める。

「ユニットを組んで文化祭の後夜祭に出演する」

「こ、後夜祭に……!?」

弦川がのけぞった。無理もない。俺も自分で言っていてけっこうビビっている。

チョウ高の文化祭は毎年十一月に開かれる。第二週の土日で行われるのだが、日曜日の夕方に文化祭自体は終わり、そこから後夜祭と呼ばれるイベントが開催される。

後夜祭は生徒たちと一部の教師たち――つまり学校関係者のみが参加する祭りだ。体育館のステージで有志の参加者による出し物が行われる。この出し物は生徒たちの間で公募され、誰でもエントリー可能だが、枠に限りがあるので、審査を通ったグループのみが出演できる。

「出られるわけない！　そもそも、エントリーするのだって、怖い……」

狭き門であること、そしてお祭りごとであることからわかる通り、後夜祭は陽キャたちの祭典だ。トップカーストの者たちがステージ上で輝かしい姿をさらし、カースト上位の者たちがステージ下で大盛り上がりする。カースト中層くらいまでは、そのご相伴にあずかれるが、俺や弦川みたいな日陰者はそもそも参加すらしない人も多い。後夜祭は文化祭とは違って強制参加ではないので、友達の少ない者たちは行く必要がないのだ。

エントリーするだけでカーストトップ層を刺激しかねず、学校での居場所がなくなるんじゃないかと怖くなる。

だけど俺は弦川を後夜祭のステージに立たせたかった。

あの素晴らしい歌……。

俺一人だけが知っているのはもったいない。みんなに届けたい。そして同じステージに、俺もミュージシャンとして立ちたい。昨日、弦川の歌から受けた衝撃を一晩かけてかみ砕いて、俺はそういう結論にたどり着いた。

「目標はデカいほうがいいと思うんだ。もちろん、実現できるかはわからない。でも、やってみるのって大事だと思わないか?」

「や、やってみるって、言ったって……わ、私なんか、そもそも出れるわけないし

「……」

「弦川なら出れる」

俺は確信をもってそう言った。だって弦川の歌は最強だ。聴けば絶対、心が震える。

震えなかった人は自分向き《ノットフォーミー》じゃない——たまたま合わなかっただけの話。

少なくとも俺はそう信じているんだ。

「でも、わ、私……ごめん！」

弦川は立ち上がった。

「無理！　後夜祭なんて出たくない！」

「——!?」

「わ、私、ずっと、馬鹿にされてて……勉強もできないし……。何のとりえもない陰キャで……そんな私が、後夜祭にエントリーするなんて、む、む、無理!!　失敗してバカにされるだけ……！　だから、出たくない！　ごめん!!」

それは俺が初めてぶつけられた弦川の感情だった。

初めての感情が——拒絶。

衝撃はデカかった。

走り出す弦川を俺は引きとめられなかった。呆然《ぼうぜん》と、その後ろ姿を見つめるだけ。

4

「めちゃくちゃ自己肯定感が低い子がいるとするじゃん？　どうやったらその子は自分の魅力に気づくんだろう？」

弦川から拒絶された日の放課後、俺は帰り支度をする三沢を捕まえて訊いてみた。

「なんだよ突然？　乙井が恋愛相談なんて珍しいな」

「恋愛じゃない」

どうしてこの相談の仕方で恋愛相談だなんて思ったんだ？　わからない。これがわからないから俺はずっと陰キャなのかもしれない。

「すごい力を持った知り合いがいて、そいつが自分のすごさに気づいてないから……どうやったら気づいてもらえるか、コミュ力高いやつにアドバイスもらいたいんだ」

「自分を客観視できてないってやつか」

「そういう感じ」

「難しいな。自分のことって一番わからないもんだ」

「だよなぁ」

不思議ではある。あれだけ歌がうまければ自信になりそうだけど。

誰かに聞かせたことがなくて、褒められた経験もないとなると仕方ないかもしれない。俺が褒めても、俺は歌が下手だし説得力がないんだろう。

「ちなみに、そいつがすごいジャンルって何？」

「え……」

どうしよう。正直に話すか？　いや、でもきちんと話そうとすると弦川がいつもヒトカラに行ってることも話さなきゃいけなくなりそうだ。それはプライバシーの観点からマズい気がする。

「うーんと、芸術系」

ボカしつつ答えた。完全に隠してしまうとアドバイスももらえないだろうから、このくらいは情報を出しておいたほうがいい。

「芸術系は難しいなぁ」

「ほかのジャンルだったら簡単なのか？」

「簡単なジャンルも多いぞ？　たとえば陸上競技とかだったら、タイムを計れば自分の実力が客観的にわかる。勉強の出来不出来もそうだな。テストの点数を見れば一発だ」

「なるほど」

「だけど芸術系はむずいよ。コンテストに応募して賞を取るとかできればいいんだろうけど、その感じだとそもそも自己肯定感が低すぎてコンテストなんか出ないだろう？」

「そうなんだよなぁ」

「何かしら数値化できるジャンルだったら、客観性が簡単に出せるけど、芸術にそういうの、ないじゃん？」

「ないなぁ……。いや——？」

あるぞ、歌を数値化する方法。

「三沢！　助かった！　ありがとう！」

「お？　何かいいアイディア、思いついたか？」

「ああ。やっぱコミュ力あるやつの洞察力はすごいな。助かったわ」

「おう。頑張れよ」

俺はダッシュで家に帰った。とりあえず、今日の授業の復習と明日の予習、可能であれば予習の貯金を作っておきたい。

明日は家に帰るのが遅くなるからな。

＊

「か、カラオケに、行きたい？」

「ああ。奢《おご》るから一緒に行ってくれないか？」

ボッチ飯スポット——職員棟の屋上。

俺は懲りずに弦川を口説くべく、足を運んでいた。

「なんで、私と、カラオケに……？」

「弦川の歌が聞きたい」

俺がそう言うと、弦川は嫌そうな顔をした。

なんでだよ。褒めてるんだぞ。

「今回は俺も歌うから」

「え！」

引きつっていた弦川の顔に別の感情が宿った。おそらく、喜び。いい感じだ。

弱みに付け込むようで悪いが、弦川はたぶん、友達に飢えている。俺もわかる。三沢と知り合うまで、俺も孤独で寂しかった。

弦川は目をぐるぐる泳がせ、ひとしきりキョドったあと、こくこくと頷いた。

「行く！」

俺は思わずガッツポーズ。

弦川をユニットに誘う作戦を実行できるのも嬉しいが、単純に弦川の歌を聞けるのも嬉しい。

＊

「ささ、どーぞどーぞ」

カラオケの部屋に入るなり、デンモクを差し出してくる弦川。ここは従っておく。機嫌を取って歌ってもらわないとならないんだから、俺も歌うしかない。

弦川は目をキラキラさせながら、デンモクを操作する俺の一挙手一投足を見つめている。そんなに珍しいか？　本当に友達とカラオケに来たことないのか……。

俺は歌い始めた。曲目は最近はやりのＪポップ。ドラマの主題歌になった歌で、クラスのカラオケで歌うなら無難なチョイスだ。

うまいやつの前で歌うのは死ぬほど恥ずかしい。しかもめちゃくちゃ視線を感じる。

思わずチラチラと、弦川の顔を確認してしまう。すると弦川と一瞬目が合い、外れる。

ただ、俺が見るのをやめるとやはり熱い視線を感じる。これじゃただですら下手な歌が、もう歌の形態を取らなくなってしまいそうだ。

「上手！　上手！」

歌い終わると、ものすごい勢いで弦川が手を叩きだす。

「嘘つくな」

「嘘じゃないよ！」

なぜ俺の歌が下手だとわからない？

俺の歌のまずさが理解できないなら、弦川自身のすごさがわからなくても仕方ないか……。

この状況は想定していた。人前で歌った経験がない弦川は、他人の歌がどのレベルなのかもあまり把握していないだろう。

だから――

「いいか、俺は下手だ。その証拠に……」

画面が切り替わる。

カラオケに搭載されている採点機能を俺は勝手に起動させていた。

そして出てきた点数が……

「見ろ、五十五点だ。低すぎだろ」

「え⁉　低いの⁉　私の成績よりいいよ！　赤点じゃ、ない！」

そういう話じゃない。

「これは低いの。だから俺は歌が下手くそ。いいか？」

「でも……」

ふわっとそこで弦川は笑顔になる。

「私は、乙井くんの声、好き」

「⁉」

今、なんて言った？　不覚にもドキッとしてしまった。

弦川は暗くて、いつも目を合わせてくれなくて、うつむいていて……だからわからなかったけれど、笑顔はなんだかほんの少しだけ、輝いていた。

「ほら、弦川の番だ」

俺はデンモクを押しつける。

「採点、する？」

弦川は不安げだ。

「する。弦川は歌がうまいって証明するために」

「うう、緊張する……」

「大丈夫だ。高得点が出るまでやっていいから」

「それ、私の歌が下手ってことに、なる」

「ならない。下手くそは何回やっても点が出ない。もう一回俺、歌ってやろうか？

んでうまいやつは何回かやれば高得点が出る。弦川は採点慣れしてないだろうから、
一回ダメでもそれが実力だと考えないほうがいい」

「……わかった。採点して、乙井くんに満足してもらう。そのあと、その、えっと
……採点なしで、一緒に歌い、たい……」

後半はただでさえ小さな声がさらに小さく、ものすごく言いづらそうだった。勇気
を振り絞って言ったのだろう。

「もちろん、一緒にカラオケしよう」

「！」

嬉しいとき、弦川はこういう顔をするのか。オーケイ、理解理解。

「じゃあ一曲、採点してみてくれ」

「りょ、りょうかい！」

弦川は迷わず曲を入れた。

昨日、俺が最初に部屋の外で聞いた曲だった。Ｊポップのバラード。Ｒ＆Ｂ系の曲で、かなりの歌唱力を必要とする曲だが……弦川には関係ない。

魂を揺さぶるような歌声に、聴き惚《ほ》れる。

ああ、やっぱり弦川の歌はいい。聴いてるだけで心地いい。ホント、一生聴いていたくなる歌だ。

そして採点結果は——九十八点。

弦川がマイクを握りしめたまま棒立ちになっているのに気づく。

「弦川？」

「この機械、壊れてる？　点数、高すぎる……」

「ああ、壊れてるかもしれないな」

俺は言った。

「あの歌から二点も減点するなんておかしい」

おい機械。これは百点だろ。二点、何を減点したって言うんだ。

「乙井くん……」

本気で怒っている俺に、弦川は困惑していた。

まだ自分の歌がうまいと言われて違和感を抱いているらしい。弦川の自己肯定感の低さは筋金入りだ。

俺は何度だって言う。弦川が認めてくれるまで、何回だって言う。

君は歌がうまいんだって。

「弦川。認めろよ」

俺はまっすぐ弦川を見つめた。

「弦川は歌がうまいんだ。機械も認めてる。九十八点なんてなかなか出せない。まあ俺からしたら二点も減点するなんておかしいとは思うけどさ」

真面目な話、機械が壊れていたわけではない。百点を取れなかったのは、弦川が機械の採点が初めてだったからだろう。機械の採点には少しだけ癖があり、満点を取るには独特の技術がいる。実力のある歌い手なら練習すれば満点を取れるだろうが、弦川は機械向けのテクニックを身につけていないから、何かしら失敗して二点を落としたのだと思う。

むしろ初採点で九十八点を出すなんて凄まじい実力だ。

「びっくりした」

弦川は腰を下ろした。

「私にもできること、あったんだ。いや、まだできるかは、わからないけど……でもできなくは、ないのかも」

弦川はそう言って、顔を上げた。

初めて、目が合った。

弦川の瞳は綺麗だった。わずかに薄暗いカラオケ部屋の中でも、その遠くを見通せそうなほど澄んだ瞳。まるで沖縄の透き通った蒼い海を思わせる目だ。

「私、全然ダメだから、ガッカリさせちゃうかも。それでも一緒に、歌って、いい？」

「俺は弦川と一緒にやりたいんだ。ガッカリなんかしないさ」

弦川はまた視線を逸らした。でも今度の視線逸らしはたぶん、ネガティブなものじゃないと俺にはわかった。

だって、弦川の目が潤んでいたから。

この涙はきっと悪い涙じゃない。

「じゃあ連絡先交換しようか」

俺はスマホを取り出した。

ラインのＩＤを交換。すでにクラウドストレージのボックスを用意してあったので、そのＵＲＬも共有する。

「最初はコピーから始めるのがいいと思うんだ」

俺が言うと、弦川が固まった。おそらくコピーの意味がわからなかったのだろう。

「すでに存在する曲を練習するって意味。何か歌いたい曲あるか？」

「あ、え、うーんと」

弦川はぽつりぽつりと、曲を挙げた。

二人で話し合って、その中から二曲、練習曲を決めた。バラード一曲と、ポップス一曲。

「じゃあ個人練して、そうだな……来週あたり、一回合わせてみようか」

「個人練？」

「二人で合わせる前に曲を覚えたり、ちゃんと演奏できるようにしたりしておいたほうがいいかなと思って。歌だって、どのフレーズをどうやって歌うかとか、あらかじめ決めたり実際に声出してみたりするだろう？」

「個人練、どこでやればいい？」

「どこって、家とか……？　あ、もしかして家、マンションだった？」

まずいな。ヴォーカルは大声を出して歌うわけだから、集合住宅だと防音室がないと練習できない。

「ううん、一戸建て」

「だったら昼間なら練習できるんじゃないか?」

いまいち、弦川の気にしているポイントが理解できない。出てくる言葉が少ないので情報が足りていないのも大きいだろう。

「家で歌ったら、パパとママにぶっ殺される。私、落ちこぼれだから……。前回のテスト、クラスで四十番だった」

クラスの人数は四十人なので最下位だ。

「パパとママ、私の成績、すごく心配してる。バイトは禁止で、お小遣いも制限されてる。とにかく勉強しろって言われてる。今日も学校で勉強してから帰るって言ってる……」

「状況的には厳しいな」

何かフォローしてあげたかったがさすがに分が悪すぎる。

「親を刺激するのは得策じゃない、ってことか」

こくりと頷く弦川。

心配している親の前で大っぴらに遊ぶわけにはいかないと弦川は言いたかったのだ。

「親が家にいないタイミングで練習できないか？」

うちの場合だと、親が共働きだ。親父が塾の先生、お袋は近くの病院で看護師をしている。

「ママが専業主婦だからほぼ家にいる……妹もいるし……誰もいないタイミングは、ほぼない」

申し訳なさそうに言う弦川。

「そうか。お小遣いがあんまりないってことは、スタジオとかカラオケで個人練ってのもキツいよな」

また頷く弦川。

さて、どうするか……。

＃2　エチュードを奏でる前に

1

俺は家に帰って、ネットでスタジオ代について調べた。

俺の地元だとスタジオ代は安価だが、ここまで来たら弦川は電車賃がかさむので意味がない。弦川の地元も似たり寄ったりだ。スタジオで個人練するくらいだったら、ヒトカラで練習したほうが平日ならかなり安く上がる。

そして弦川の財力だと、それすら厳しい。

ぶるっとスマホが震える。弦川からのメッセージだった。

実はこれが初メッセだったのだが、そんな感慨もぶっ飛ぶくらいの内容が書かれていた。

瑠歌［考えた］
瑠歌［子供のころ買ってもらったＣＤとかゲームソフトを売って、お金にする］

は？

慌てて返事をする。

奏太［待て待て。大した金にならないし、わざわざ切り詰める必要はない］

瑠歌［けっこうお金になる。CDは小さいころたくさん買ってもらった。ゲームも。それが原因で、成績は下がった……］

うなだれて凹む弦川が頭に浮かんだ。

奏太［CDは残しとけ。サブスクで聴けない曲が入ってるかもしれない。歌手だったらいろんな音楽を聴くのが大事だ］

瑠歌［じゃあゲームを……］

奏太［ゲームも売っちゃダメだ。ゲーム好きなんだろ？］

瑠歌［好き］

奏太［だったら残しとくんだ。歌手はアーティスト。どんな経験も糧になる。自分の〝好き〟は大切にしたほうがいい］

しばらく返信が途絶えた。

キーボードで適当にコード弾きをしていたら、五分くらいして返事が来た。

瑠歌［乙井くんは、なんでそんなに優しいの？］

眉をひそめる。

弦川の発言の意味がわからない。

優しい？　鬱陶しいの間違いか？　俺はただ自分の欲望に忠実に生きているだけ。

それを、どうして優しいなんて……。

固まっていると、すぐに送信が取り消された。俺はメッセージを通知で見たが、アプリを開いてはおらず、だから既読はついていない。俺から返信がなく、既読もついてなかったから消したのだろう。本人的には適切な発言じゃないと思ったのかもしれない。

あるいは、言葉以上に本心だったか。

俺に見せるには本心をさらけ出しすぎていたと思って、慌てて消したのかもしれない。

瑠歌「ユニットに誘ってくれてありがと。練習場所頑張って探す」
奏太「おう。俺も考えてみるわ」

俺を優しいと言った弦川。

理由がわからなくて悶々《もんもん》としていたせいで、その日の夜は少し寝つくのが遅くなった。

2

俺たちは二人でいろいろな場所を回った。

まず行ったのは学校近くの川の河川敷。広々としていて、歌を歌うには良さそうだったが……。

「無理！　無理無理無理！」

弦川が拒否した。

「なんで？」

「人がいる！　すごく人が通ってる。恥ずかしい！」

「そうかぁ」

うまいんだから気にしなければいいのにと思いつつ、俺も人前で練習しろと言われたら抵抗感があるかもしれない。

「それに！　ここ、電源ない！　乙井くん、練習できない！」

「え？　個人練用の場所だから、俺は必要ないだろ」

「乙井くんと合わせるときは、どうするの？」

「カラオケとかスタジオに行けばいいんじゃないか？」

「れ、練習場所を見つけるなら、ちょっとしたときに合わせられたほうが効率いい」

それはもしかしたら、河川敷で練習したくないという思いから出た屁理屈《へりくつ》だったのかもしれない。

けれど理に適《かな》っていた。どうせ練習場所を探すのなら、俺も使えたほうが助かる。

次に行ったのは、放課後の職員棟の屋上だ。しかしそこには先客がいた。オーケストラ部――通称〝オケラ〟の人たちが個人練のためにすでに使っていたのだ。ヴァイオリンやチェロといった弦楽器を持った生徒たちが一生懸命練習にいそしんでいる。

昼休みは人がいないここも、放課後になると使用者がいるらしい。もしかしたらオーケストラ部が先生や生徒会に許可を取って練習場所として使っているのかもしれない。かなりの人数がいる部だから音楽室だけだと狭いのだろう。

「ここだったら溶け込めそうじゃないか？」

「む、むりぃ……」

弦川は今にも泣き出しそうだった。そもそも屋上に出てきてすらいない。扉の陰からこちらの様子をうかがっている。

陰キャの彼女には集団の中に入るのは厳しいか……。

＊

「人があんまり来なくて、声を出しても問題ないような場所？」

俺は三沢にも訊いてみた。陽キャで交友関係の広い三沢には大量の情報が集まっている。学校周辺でいい場所を知っているかもしれない。

放課後にあえて教室のど真ん中で質問した。三沢以外の人でも、どこかいい場所を知っている人がいればラッキーだ。

「へえ、おまえも隅に置けないな」

三沢はなぜかニヤニヤ笑いを浮かべた。

「バイトしてるんだろ？　ちゃんと金使えばいいじゃん。安いところもあるぞ？」

「いや、できるだけ貯金しときたいから……」

いつどんな機材が必要になるかわからないし、お金はかからないに越したことはない。

「おーい、山下《やました》。ちょっと来いよ」

三沢が呼んだのは、山下桃花《ももか》――うちのクラス屈指のギャルだ。

派手な見た目で、おそらくクラスで一番二番を争う美人。ギャルなのに意外と落ち着いていて騒ぐタイプではない。

山下は三沢のほうを見ると露骨に嫌そうな顔をした。

「えー、行きたくない」

「なぜ⁉」

「どーせロクなことじゃない。三沢は軽薄だからねー」

と言いつつも、結局山下はこちらまで来てくれた。

「で、何？」

「乙井がさ、人目につかないで声出せる場所探してるんだってさ」

ニシシと笑う三沢と、蛆虫《うじむし》を見るような目で三沢を見下ろす山下。

「あんたさぁ、セクハラして楽しい？」

「クソ楽しい」

「ゴミクズ」

「えーっと、この発言のどの辺がセクハラ？」

状況についていけず、俺は困惑する。

はあ、と大きく山下はため息をつく。

「ああ、理解理解。乙井のピュアな発言を三沢が汚《けが》したってことね」

「なんだよー、人聞きが悪いな」

「汚した……？」

山下は俺の耳元に口を近づけて、囁いた。

「大きな声を出せて人目につかない場所って、聞き方によってはエッチなことできる場所って意味になるでしょ？」

ぶわっと全身に血がまわり、体中が熱くなる。

「そ、そんな意味で言ったんじゃない!!」

「わかってるよ。三沢がバカでスケベなだけ」

「ひでぇ」

周りが爆笑する。

「でも真面目な話、なんで声出せる場所知りたいの？」

「あー、実はちょっと歌の練習をしたくて」

嘘は言ってない。俺が歌うわけじゃなくて弦川が歌うだけだ。弦川は自分が歌の練習をする場所を探しているのをみんなに知られたくないだろうから、ボカして答えた。

「乙井、歌、下手だもんね」

山下は言いづらいこともズバッと言う。けれどストレートで裏表がないから、嫌な気はしない。

「だけど、そーだなぁ。学校の周りはけっこうゴミゴミしてるし、人目につかない場所って意外とないよね。素直にヒトカラに行くのがいい気がする」

「そうなるかぁ」

結局陽キャたちからもいいアイディアは得られなかった。

＊

「乙井くんは友達いっぱいいて、すごい」

帰り道、弦川と駅まで一緒になったので話していると、唐突に彼女は言った。

「三沢のおかげだよ。あいつ、中学同じで、そのころから付き合いがあって……あいつの周りには人が集まるから、近くにいる俺の周りにも自動的に人が来るってだけ」

今日の山下なんかがわかりやすい例だ。三沢が俺を友達認定してくれているから、俺は教室に居場所がある。

「それでも、眩《まぶ》しい……」

——その輪の中に、いつか弦川も入れたらいいのに。

俺に羨望のまなざしを向ける弦川を見ていると、自然とそう思ってしまう。

弦川が後夜祭で歌うのを見れば、きっとみんな、弦川を見直す。弦川も自分自身を見直す。

弦川が自信を持ってみんなの輪に入ってくるようになれば、きっと大丈夫だ。

3

翌日の休み時間、次の授業の準備をしていると、スマホがメッセージの受信を知らせてきた。弦川からだ。同じ教室にいて、同じように次の授業の準備をしているのにスマホでメッセージ送ってくるのかよ……。弦川はまだ自分と話すことをリスクだと考えているから仕方ないか。

瑠歌「見つけた！　いい感じの場所！」
奏太「ホントか！」
瑠歌「うん。放課後、見に行こう！」

放課後に行ったその場所はまさに練習に最適な感じだった。
隔離棟三階の奥——社会科大教室の手前にある部屋だった。俺はこの部屋も社会科系の何かの部屋だと思っていたのだが、弦川によると空き教室らしい。
「ボッチ飯スポットを探してたら、見つけた！」

弦川は得意げにフンスと鼻を鳴らした。

部屋には教室に普通にある机や椅子が隅のほうに積んであった。古ぼけたソフトケースがいくつか置いてあり、開けてみるとやはり古ぼけたキーボードやエレキギター、ベースギターなんかが出てくる。ほこりをかぶったギターアンプ。ヨレヨレになったバンドスコア。弦が切れたアコースティックギターもあった。

「音楽関係の部室だったのか？」

俺はつぶやく。

「乙井くん、見て！」

弦川が何やら冊子を見つけてきた。

〝フォークソング部　部誌〟と書かれている。

「フォークソング部……そんな名前の部活あったっけ？」

「たぶん、ない！」

昔存在したフォークソング部の部室、なのだろう。フォークソング部なのにどう見てもバンドをやっていたようにしか見えないのはちょっと面白い。

「ここなら問題なく練習できそうだな。試しに一曲、歌ってみる？」

「うん！」

これが俺たちユニットの初演奏だった――。

曲はネット発の大人気ユニットの歌物曲を選んだ。

俺は古ぼけたキーボードの前に座り、電源を入れて（入った）、ネットで購入して紙に印刷した楽譜を広げる。

弦川はその間、伸びをしたりして体の準備を整える。

俺は静かに弾き始めた。コードを主体にして、適当に崩しながらのイントロ。勝手にアレンジしているので、どこから歌になるか少しわかりづらいのだが、それでも弦川と目線を合わせると、自然と歌い出しは通じ合った。

一声入った瞬間を、俺は忘れられないだろう。


――ズン。


と、質量のある弦川の声が俺の体にぶつかり、震わせてきた。全身の骨に響いてくるのを感じる。

一人で弾いているときとはまったく違う感覚。

弦川の声は間違いなく俺にとって〝異物〟だった。しかし異質なものの質感があることで、音楽は脈動した。引っかかりが刺激になり、鍵盤を押し込む指に熱がこもる。

もっともお互いが異質に感じられたのは、おそらくテンポ感だ。同じＢＰＭ（一分あたりの四分音符の数）で演奏しているはずなのだが、俺と弦川の間で微妙に差異がある。不快感はない。わずかにズレることでサウンドはうねりを生む。

俺は初めて〝グルーヴ〟という言葉の意味を体で知ることができた。

そうか、これが誰かと一緒に演奏するということなんだ。

心地よかった。

そして曲はサビに入る。

弦川は歌い方をグイグイとだんだん強く《クレッシェンド》していく。俺を煽るように、音圧を上げる。

『ねえ、ついてこれる？　私の歌に――』

そんな言葉が聞こえてくるようだった。いつも控えめな弦川からは考えられないくらい、挑発的な歌い方だ。

『もちろん。摑まえてやるよ！』

俺は譜面を激しくすることで答えた。弦川が歌った音階の隙間を縫うようにして、カウンターメロディを即興で奏でていく。

次の小節ではそれに応えるように弦川の声音が変わった。より攻撃的で、それでいて抒情的《じょじょうてき》な歌声で応えてくる。

それは会話だった。

音で交わす会話——言葉のない会話……。

弦川の豊かな感情を音で感じ、俺の豊かな感情を音で伝える。

これがユニットでの演奏なのだと、俺は初めて知った。

＊

弦川が歌い終わり、俺がアウトロを弾き終わると、俺たち二人は視線を合わせた。

弦川は顔をほてらせ、うん、うん、と頷いている。いつもの伏し目がちな弦川ではない。ちゃんと俺のほうを見て、今の演奏をかみしめていた。

たしかな手ごたえを感じた。

弦川とだったら素晴らしいユニットを作れる。

後夜祭に出るのだって全然夢じゃない。

「よし。じゃあもう一曲のほうも合わせて――」

ガンガン練習するぞ、と勢いよくキーボードを弾こうとしたそのとき、

「ちょっと失礼～」

戸のほうから声が聞こえ、俺たちは同時にそちらを向いた。

女子生徒が入り口に立っていた。豊かなロングの髪に、メタルフレームの銀縁眼鏡。上品な雰囲気の出《い》で立ちだが、目つきが鋭く、〝清楚〟というよりは〝堅い〟印象が強い。上履きの色が緑なので、二年生だ。ちなみに一年生は黄色、三年生は青である。

彼女は生徒会書記の橋口夏希《はしぐちなつき》。今年度に入ってからは受験で忙しい生徒会長や副会長の補佐としてバリバリ前線に立つ生徒会の主戦力で、十月の生徒会選挙では生徒会長当選が確実と言われているエリートだ。俺はそこまで校内の事情に明るいわけではないし、彼女は二年生で俺は一年生。そんな俺でも顔と名前が一致してしまうくらいの有名人。

弦川が怯えて俺の背後に隠れた。気持ちはわかる。橋口先輩は生徒会役員といういわば管理側の人間で、しかも存在感が半端ないので、特に後ろめたいことがなくても隠れたくなってしまう。

「二人とも一年生ね？　ここ、空き教室だけど、自由に使っていいわけじゃないから。ってか鍵かかってなかった？」

言いながら橋口先輩は戸の部分を見て、

「あー、壊れてるのか。んで南京錠かけてたけどそれも壊れて……。それで二人が迷い込んだ、と……」

その間、弦川はオドオドと橋口先輩と俺を交互に見つめていた。このままでは弦川のＭＰがゼロになってしまいそうだ。

「ここ、空き教室なんですよね？　申請すれば使えますか？」

俺が訊くと、橋口先輩は渋い顔をした。

「んー、なんか会議とかで使いたいなら多目的室があるから、そっち使ってほしいかな。あ、でも、歌を歌うのに使いたいのよね？　それだと多目的室は厳しいか……」

多目的室は職員棟のど真ん中にある。放課後、先生たちが詰めて仕事をしているので、大きな声を出すのはマズいだろう。屋上とはわけが違う。

「講堂が貸せるわよ？　グランドピアノもあるし、ちょうどいいんじゃない？　ただ、軽音楽部が定期的に使ってるから、順番待ちはエグいけどね」

それじゃダメだ。練習場所にするからには、毎日使えないと。

「毎日使える場所が欲しいんです。ここ使わせてもらうわけにはいきませんか？」

「へぇ、一年生のくせに図々しいわね？」

「すいません」

「嫌いじゃないわ。ビビって委縮して言い返さないくせに、陰でグチグチ言うやつのほうがみっともないし」

橋口先輩もいろいろ大変なのかもしれない。

「ただ毎日ってなると、けっこうハードルが高いわね。うーん、たとえば、部活もしくは同好会を新しく結成したのなら、活動拠点としてここを提供できるかもしれないわ」

「部活って、二人でも作れるんですか？」

「部活は五人以上必要ね。その代わり、生徒会費から部費があてがわれる。二人しかいないなら同好会かな。部費は支給されないけど、部室は使えるようになるから問題ないでしょ」

俺は弦川のほうを見た。

こくこく頷く弦川。同好会を作ろう、と言っている。

「同好会を作りたいです。申請すればいいんですか？」

「おっけー。じゃあ申請書を持ってくるわね。あと、同好会を始めるには活動実績が必要だけど、それは大丈夫？　幽霊同好会を作られても困るから、きちんと活動してるって証明できるグループしか同好会は作れないの」

「どうやって証明すればいいんですか？」

不安に駆られながら、俺は訊いた。実績なんてない。さっきの演奏が俺たちの一番最初の活動なんだから。

「運動系のだと大会出場とか？　君らは音楽系だから、コンクール出場経験とかがあると確実かな」

弦川が涙目になって俺のシャツの裾を引っ張ってきた。

俺も泣きたい気分だった。

コンクール？　無理に決まってるだろ。そういうのに出るための練習場所が欲しいんだから。

4

拠点を失った俺たちは作戦会議をするために、学校を出て中央駅まで歩いた。チョウ高の最寄り駅は調部駅だ。中央駅は調部駅から歩いて十分くらいで繁華街のど真ん中にある。調部高校の生徒はこの辺りで遊ぶ者が多い。

俺たちは駅ビルにあるフードコートに入った。カラオケは時間制限があるし、ファミレスは高い。フードコートならタコ焼き六個入一パックを五百円で買って二人でつついていれば無限に時間が潰せる。

「やけ酒ならぬ、やけタコ焼き」

弦川が爪楊枝《つまようじ》で丸い小麦粉の塊をつつきながら言った。弦川は俺と二人だけのときは比較的喋《しゃべ》る。ほかの人間がいると全然喋らないから無口なやつなのかと思っていたが、単に人と喋るのが苦手なのだろう。俺にはだいぶ慣れてきたんだと思う。

思ったよりショックを受けてなくてよかった、と思う。冗談が言えるくらいには元気があるみたいだ。

「――このタコ焼きを我慢すれば、ちょっと練習できたかも……」

暗い声でつぶやく弦川。

前言撤回。やっぱり練習場所を剝奪《はくだつ》されて凹んでいる。

「せめて記念に写真を撮る」

弦川はスマホを取り出し、タコ焼きを撮影した。

「そしてインスタにあげる」

「へぇ、インスタやってるんだ」

俺がスマホを覗《のぞ》き込もうとすると、弦川は胸に抱くようにして隠した。

「え？　でもインスタにあげるって……」

「あう、うわぁ……独り言」

「……インスタやってるのは人に言いたくなかったけど、独り言で言っちゃった感じ？」

こくこくと頷く弦川。

「なんでインスタやってるって言いたくなかったんだ？」

「フォロワーゼロ人だから……」

そんなことあるのか。

「私みたいな陰キャのインスタなんて誰も見ない……友達いないから……ほら、フォロワーゼロ人……」

プロフィール画面を見せてくる。

ネガティブだなぁ。

「俺、フォローしていい？」

「フォローしてくれるの⁉」

「だって友達だろ？」

「友達！」

頰をほてらせながら、鼻息荒く言う。

そこまで喜ばれると、ちょっと照れるな。

「初フォロワー、ゲット」

うっとりした様子で「1フォロワー」という画面を見つめる弦川。

「インスタのフォロワー、増やしたい？」

「一人いれば十分」

志が凄まじく低い。

「……でも多いのは、やぶさかでもない」

いや、やっぱり友達百人欲しいタイプか？

「友達いないから、フォロワー増えない」

そしてまた凹みだす。忙しいやつだ。

「SNSだったら、ネット上だけの友達を作るって手もあるぞ。弦川は歌がうまいんだから、音楽系のフォロワー増やすとか」

「増やせるわけ、ない……」

「SNSにアカペラあげたりすればすぐだろ」

「そんな簡単にはいかない……」

まあそんな甘いものではないか。インフルエンサーになるのは大変だろう。

……待てよ。アカペラを投稿？

「そうだ。活動実績、動画を投稿すればいいんだ」

「動画を、投稿？」

「活動の実績があればいいって言ってただろ？　たしかに部活だと大会とかコンクールのイメージが強いけど、別に今時、アナログにこだわる必要はない」

物理世界ではない、電子の世界。

インターネットの世界での活動だって、立派な実績だ。

「動画を投稿する……まさか、私、歌う？」

「ほかに誰が歌うんだ？　俺の歌なんかあげたらフォロワーが消し炭になるぞ？」

「⁉　乙井くん、フォロー外すの⁉」

そうだった、今フォロワーは俺だけだった。

「たとえ話だから安心しろ。ともかく、弦川以外、歌うやつはいないよ」

「う～」

小さく唸《うな》る弦川。自信がないのだろう。

もしかしたら、いい機会かもしれない。

弦川の歌を投稿すれば、彼女の歌は世間に知れ渡る。

そして弦川は知ることになる。

自分の歌がすごく魅力的だと――。

「どうせあげるなら派手なほうがいい。作戦を練るぞ」

「う、うん！」

最終的に、弦川はやる気を出してくれた。弦川も活動場所が欲しいのだ。

5

「乙井！」

朝教室に入るなり、三沢から声をかけられた。

「ん？」

「この動画見たか？」

スマホを出してきて、俺に見せてくる。

スマホに映っているのは教室くらいの部屋だ。アップライトピアノに二十代半ばくらいの女性が座っていて、その前に高校生くらいの女子が立っている。

その子は前髪が伸び放題で顔がほぼ完全に隠れている。服装は白のワンピース。白装束と髪型のせいでなんだか幽霊みたいに見える。

動画のタイトルは「幽霊みたいな陰キャブスが音楽教室に行った結果」。

半分ホラーのような絵面のまま、若い女性がピアノを弾き始める。

そして――――幽霊みたいな陰キャ女の口から鳥肌物の美声が放たれた。

「……ああ、この動画は知ってる」

「今さ、この子が弦川なんじゃないかって話をしてたんだけど、おまえはどう思う？」

「……なんで俺に聞くんだ？」

「おまえ最近、弦川とつるんでるじゃん」

「え。なんで知ってるんだ？」

「そりゃ、あんだけ二人で一緒にいれば誰だってわかるだろ」

弦川が気にするからできるだけバレないようにしてたつもりだったのだが……さすが、三沢みたいな人間は周囲に気を配っている。

「本人に訊いてみたらどうだ？」

「えー、弦川と話したことないし……」

三沢もヒヨったりするんだな、と新鮮な気持ちになる。

弦川には、訊かれたら自分だと答えていいと言ってある。ただ自分たちからわざわざ宣伝したりはしない。自分から言い出したらイタいやつだと思われるかもしれないからだ。

「弦川だよ」

三沢が訊きにいかなそうだったので俺は言った。

「マジかー！」

――フォークソング同好会としての活動実績を作るために、俺たちは動画を撮ることにした。それなりに再生数を出したいので、二人で話し合って、弦川の見た目と実際の歌唱力のギャップを見せる動画を作ることに決めた。

ちなみに「陰キャブス」という単語を入れようと言ったのは俺ではなく弦川だ。俺は「陰キャ」でいいと思っていた。

だが弦川は、

「陰キャブスはユーチューブのバズワードだから、入れたほうがいい！」

と言って聞かなかった。

結果的にプチバズりできたので弦川の意見は正しかったのだろう。弦川はユーチューブの動画をよく見ていて、こういう「陰キャブス」みたいな人間がすごい技を披露する動画を多く視聴していたらしい。たしかに「陰キャブス」みたいな強いワードで引きつけつつ、弦川の超絶美声を聞かせてギャップを演出するという作戦は理に適っている。

嘘はいけないので、弦川は本当に音楽教室で歌っている。キーボードを買った楽器店に音楽教室があったから、事情を話して撮影させてもらったのだ。教室側は宣伝にもなるし、ということで無料体験コース扱いで許可してくれた。ピアノを弾いているのは俺にキーボードを売り込んだあの店員だ。

作戦通り、動画はちょっとだけバズって有名になり、クラスの連中の間で話題に上がるレベルになった。

この調子ならきっと――

「乙井くんいる⁉」

教室の入り口に橋口先輩が現れた。慌てた様子だ。

「いますよ」

「この動画！　弦川さんよね⁉」

スマホを突き出して画面を見せてくる。

「そうです」

「弦川さんってユーチューバーだったの⁉」

「そういうわけじゃないんですけど……ただ、フォークソング同好会としてネット上で活動を始めた感じです」

「すごい……！」

眼鏡の奥の瞳をキラキラさせながら、スマホを見つめる。

「弦川さんはどこ？　あ！」

「ひっ」

弦川は咄嗟《とっさ》に立ち上がって逃げようとするが、ダッシュで近づいた橋口先輩に捕まる。橋口先輩は弦川の両手を摑むと、縦にブンブン振りながら、

「すごい、すごいよ弦川さん！　あんな歌、普通歌えない！　部活やったほうがいいわ！」

「え、えっと……」

戸惑いまくる弦川。

「もっと褒めてやってください。俺がいくら褒めても、弦川のやつ、認めないんですよ。自分が歌がうまいって」

「謙虚なんだねぇ」

クラス中が弦川に注目していた。

弦川は全力でキョドり始める。ぶるぶる震えながら周囲を見回し、まるで隠れる場所でも探しているかのようだ。

「弦川、大丈夫だ。みんな注目してるが、陰口をたたいてるわけじゃない。よく聞いてみろ」

俺は教室のほうを示す。

「歌ってたの弦川さんなんだ」

「すげぇ。めっちゃうまかったじゃん」

クラスメイトたちも例の動画の歌をべた褒めしていた。

顔を赤くして縮こまってしまう弦川。

だけどその表情は嬉しそうだった。弦川は意外と表情豊かだ。いつもひっそりとクラスの陰に隠れているからわかりづらいけれど。

「とにかく。これだけしっかり活動してれば、同好会として認めないわけにいかないわ。申請書を出してくれる？　部室はあの部屋で大丈夫だから」

「い、いいの？」

「いいに決まってる！　あなたの歌はチョウ高の宝よ！」

弦川が俺のほうを向く。

俺は力強く頷く。

「言っただろ？　弦川は歌がうまいんだって」

＃3　地区演奏会『ジョコーソ』

1

「ぐっぐっぐっぐっぐっぐ〜」

隔離棟の空き教室改めフォークソング同好会の部室で、弦川が謎の歌を歌っていた。

「なんだそれ？」

「高い声を出すトレーニング！」

本を出してくる弦川。

ボイストレーニングの本だった。

トレーニング用の譜面は歌に限らず、ただ聞くだけだと不可思議なものが多い。通常の演奏では絶対に使わないようなフレーズを弾くことで指を鍛えたりするからだろう。歌の場合はそれに言葉が加わるから、よりカオスになる。

「図書館で借りてきた」

買わなかったのはお金を節約するためだろう。

「部活としてやるなら、ちゃんと頑張るべきだと、思った」

弦川が生き生きしていた。

「ボイトレ、意識してやったことなかったけど、頑張ってみる。後夜祭出るのも、大変みたいだし」

後夜祭に出るためには、エントリー時に行われる選考に合格する必要がある。主に提出された作品によって審査される。俺たちみたいな音楽系の応募者の場合はデモテープを提出する。

応募者が定数以下の場合は全グループが出られるが、話を聞いた感じだと毎年定数をオーバーするようなので選考は避けられそうにない。後夜祭はチョウ高の一大イベント。注目度が高いから応募希望者もそれだけ多いのだ。

「ネックになるのは俺のピアノかもしれないな……」

「そんなことない！　乙井くん、上手だよ！」

「ありがとな」

弦川の優しさが沁《し》みる。

部室も得たことだし、練習、頑張ろう。後夜祭で弦川のすごさを全校生徒に披露するために。

「もしもしお二人さん〜」

生徒会書記の橋口先輩が現れた。

手に持っていたチラシを机の上にバンと置く。

「晴れて同好会になったんだし、地区演奏会に出てみない？」

チラシには「地区演奏会『ジョコーソ』出演者募集」と書かれている。

「地区演奏会って何です？」

俺の地元はチョウ高のある市とは違う町なので、こういう催し事には疎い。

「あら、知らない？　学校の裏に市民会館があるでしょ？　そこで毎年やってるのよ。うちからだとオーケストラ部とか合唱部、あとクラシックギター部なんかが出てる」

「ずいぶんギリギリまで募集してるんですね？」

普通、こういうイベントは数か月前に出演者を決定していそうな気がする。

「例年、だいたい六月くらいには応募が締め切られるかな。今回、欠員が出ちゃったらしいのよね。ソプラノの独唱で一人出演するはずだったんだけど、出られなくなったから、一枠空いたってわけ」

「なるほど」

「応募してみたら？　せっかくあれだけ歌えるんだし、発表の機会は多いほうがいいでしょ？　もちろん、抽選になるだろうから、絶対に出られるって保証はできないけど、応募するのはタダだし」

俺は弦川に視線を向けた。

弦川は目を泳がせる。考えているのだ。

たっぷり二分ほどぐるぐる目を回したあと、

「出演、したい」

そう言って、大きく頷いた。

「決まりだな。応募希望です」

「そう来なくっちゃ！　じゃ、この書類に必要事項を書いて……」

＊

「よーし、曲決めすっかぁ」

橋口先輩が去るなり、俺は言った。

出られるかわからないとはいえ、地区演奏会は二週間後だった。すぐにでも練習を始めたほうがいい。別に出られなくても曲を練習すること自体が大切な時期なんだから問題ないだろう。

「ってもうこんな時間か」

あいにくそろそろ下校時間だった。

「明日は土曜だし、週明けに曲を持ち寄る感じで……」

「あ、あ、あ……」

弦川がもじもじしていた。

「どした？」

「私のニンテンドースイッチはリビングにあって、いつもならゲームは一時間までしかできない」

「小学生かよ」

ツッコミを入れつつ、話の流れが読めない。

「これも、成績が悪い、代償……。でも明日はパパもママも帰りが遅いから、ゲームできる。家には呼べないけど、オンラインで、ゲームなら、可能」

「なるほどな」

「それと、その、あの、友達とゲーム、してみたい……」

弦川ボッチ脱出計画の一環、か。まずは俺で慣れて、少しずつほかのやつともゲームできるようになるといいな、と思う。

弦川の脳内をトレースすると、俺の発言（週明けまでに曲の候補を考えておく）から土日のことを思い出し、ゲームに誘おうと思ったのだろう。

「オーケイオーケイ。曲決めしながらゲームするか」

「!!」

本当に嬉しそうな顔をするので、ちょっと照れてしまう。

俺なんかとゲームできてこんなに喜んでくれるなんてなぁ。

2

集合（?）時間は土曜日の十三時だった。昼食後に集合。

自室にモニターとゲーム機があるので、モニター前にスタンバる。スマホにマイク付きイヤホンを繋《つな》いで準備オッケー。

十三時きっかりにライン通話が来た。

「おーっす、乙井です」

《つ、つ、弦川です》

やや上ずった声が聞こえ、俺の心臓はきゅっとなった。

イヤホンから弦川の声が聞こえる。ヤバい。

《今日は、あ、ありがとう。このゲーム一人でも楽しいけど、友達と、やってみたかった》

普段弦川は自信なさげにポツポツ喋る。

だから気づかなかった。

弦川の地声が物すごく綺麗だってことに……。

高音成分が多めで、澄んだ泉のように透き通った印象を受ける声だった。

まるで耳元で囁かれているような感覚。そばに弦川の体温を感じる。弦川と触れ合ったことなんてないのに。

「俺もこのゲーム、一人でしかやってないからありがたいよ」

ゲームのことを考えて気を紛らわせる。

これからやろうとしているゲームは、水鉄砲でインクを撃ち合い、地面を塗りまくるTPSゲーム。覇権ゲームの一つで、ユーチューブの配信でも大人気だ。全然ゲーマーじゃない俺ですら持っているくらいメジャーなゲームだ。

《ふふふ》

弦川の笑い声が聞こえた。

「ん？」

《乙井くんってけっこうイケボ》

「は？　んなわけないだろ」

《わけあるある。いい声》

「イケボだったらあんな歌下手にならないだろ」

《乙井くんの歌、私は好き。だからイケボ》

「あ〜〜」

反応に困る。面と向かって（いや音だけなんだけど、便宜上）褒められるとむず痒《がゆ》い。それに、コンプレックスのある歌声関連の話だからどう反応していいのかわからなくなる。素直に喜びたい自分と、お世辞か弦川が変わり者かのどちらかでしかないという理性的な自分が一生懸命綱引きしている。

マッチングが終わり、ゲームが開始された。始まらなかったら俺はお陀仏《だぶつ》になっていたかもしれない。

四対四での対戦ゲームなので、自分の視点からだとなかなか全体の戦局を把握するのが難しい。ただ、なんだかいつもより動きやすい。妙に敵の数が少ないような気がする……。

試合は問題なく勝利に終わり、リザルト画面を見て理由が判明する。

通常、一試合中5キル（五回敵を倒す）できれば上等なのだが、弦川が15キルもしていた。弦川が敵を処理しまくっていたから俺は動きやすかったのだ。

「弦川、うますぎんだろ」

《えっへん》

ドヤ顔で胸を張る弦川を俺は思い浮かべる。

「なんだよ、得意なことといっぱいあるじゃん。もっと胸張れよ」

《ゲームできて褒められたの、初めて》

そっか、みんな弦川がゲームできるってことを知らなかったのか。もったいないな、と思う。たしかに俺も今まで知らなかったけれど……。

弦川は歌がうまくて、ゲームも得意で……一緒にいると面白い。

世界は弦川瑠歌の魅力にもっと気づくべきだと、ちょっと大袈裟に俺は思う。

「地区演奏会、何の曲やる？　弦川が歌いたい曲でいいぞ」

地区演奏会はカバーOKなので、プロのアーティストの曲を演奏することになる。オフラインでのデビュー戦だ。弦川が一番気持ちよく歌える曲がいい。

《うーん……》

思案げな声を出す弦川。めちゃくちゃ曲のことを考えてそうなのにキャラコンは完璧で敵を惨殺している。同じチームの俺は、ただひたすらに地面を塗り続けているだけで大丈夫なので笑ってしまう。完全にキャリーされている。

「どの辺で悩んでるんだ？」

カラオケを見ている感じだと、弦川のレパートリーはなかなか多い。部室でも、音源に合わせていろんな歌を歌っている。もしかして選択肢が多すぎて選べないんだろうか？

「出番は転換込みで二十分だから、一曲四、五分だとするとまあ三曲が妥当だろうな」

音楽会やライブなどでは、演奏時間とは別に転換時間というものが存在する。前の演者が出ていき、次の演者が準備をする時間のことを転換ないし転換時間と呼ぶ。転換込み二十分とは、「前の演者が出ていき、自分たちが準備する時間を入れて、演奏時間二十分」という意味だ。

《ヒゲジョやろ》

弦川は今大ヒット中のバンドの名前を出した。

「珍しくずいぶんメジャーどころを選ぶんだな？」

弦川はわりとマニアックな曲を選ぶタイプだ。急にどうした？

「好きな曲選んで大丈夫だぞ？　だいたいの曲はピアノ譜くらい売ってるし」

《えう……》

怯えたような声を出す弦川。

え？　今の発言のどこに怖がる要素が？

俺ってやっぱコミュ障なのかな……と少し凹む。

《楽譜ない曲でも、いい……？》

「たとえば？」

《このゲームの曲……》

このゲームはバトル中にヴォーカルのある曲が流れているから演奏は可能だ。そして弦川の言う通り、楽譜は存在していない。

俺は悩む。

耳コピ、できるのか……？　けっこう難易度高そうだぞ……？

いや、コードについては勉強しているし、耳コピの経験は今までも何度もある。だがそれは遊びでやるレベルだから正直間違いだらけだったと思う。人前で弾くとなるとかなり頑張らないといけない。しかもゲームで流れているままに演奏するには打ち込み音源を使わないと楽器が足りない。けれどこの短期間で打ち込みは無理だから、ピアノで一発で弾けるようにアレンジしなきゃいけないし……。

けっこう悩んだ。でも結局、何より、ゲームの曲を弦川が歌っているところを聞きたいという気持ちが勝った。カラオケに入っている曲ではないから、基本、聞く機会なんてないが、俺が伴奏をすれば、弦川は歌を歌えるんだ。

「大丈夫だ。ゲームの曲、やろう」

《ホントに？》

「ああ」

《ホントにホントに？》

「弦川が歌いたい曲をやるのが一番だ」

《嬉しい……》

本当に嬉しそうな声がスマホから聞こえてきたので、俺も嬉しくなってしまう。

「じゃあ弦川はゲームの音源を聞きながら個人練してくれ。その間に俺は耳コピしつつ、ピアノ伴奏のアレンジを煮詰めるから」

《わかった！》

3

「おはよう」

「おーっす……ってどうした？」

朝、教室に入ってきた俺を見て、三沢が声を上げた。

「寝不足だ」

「それにしたって限度があるだろ」

三沢が驚くのも無理もなかった。今の俺はコンタクトをつけずがり勉みたいな眼鏡をかけていて、髪は寝ぐせがついたまま。目は激しく充血しているのを鏡を見て確認している。そしてなんとなくふらふらとしていて、声にも覇気がない。

「三日前くらいからヤバそうだなって思ってたけど、今日は本格的にヤバくね？」

「大丈夫だ。今日でだいたい目処《めど》がつく」

「というと？」

「フォークソング同好会として地区演奏会に出ることになったから、そのための曲をアレンジしてるんだ。楽譜がないから耳で音を取って、ユニットで演奏できるように編曲しなきゃいけないから、けっこう時間がかかるんだよ。夜な夜な、キーボードであーでもないこうでもないって弾きながら頑張ってる……」

「耳で聴いて曲を作り変えてんのか？　へぇ、そんなことできるんだな」

「まあ、頑張れば……」

「すげーな。ってか、今更だけどさ、乙井って音楽経験あるやつだったんだな。中学から知り合いなのに知らないもんだなー。小さいころからピアノやってたのか？」

「ん？」

三沢の発言の意味がちょっとわからなかった。

「小さいころからピアノなんてやってないぞ」

「え？」

今度は三沢が疑問の声を発した。

話がかみ合ってない。

「俺、音楽は高校入ってからだ。キーボード始めたのも、今年の五月から」

「はあ⁉　音楽始めて数か月で編曲とかできるようになるもんなの⁉　てっきりずっとピアノやってて、高校からユニット始めたとか、そういう系かと思った」

「全然」

「それ、きっと才能あるぞ？」

「いやーどうかなー」

俺としては半信半疑だ。たしかに短期間でそこそこできるようになったとは思う。でもかけた時間が凄まじいから単に努力が実を結んでいるだけで才能があるとはあんまり思えない。それに演奏や耳コピも、できているとはいえ経験の長い人から見たら荒い部分が多い。

三沢は俺の歌も褒めてくれるし、ポジティブな意見をくれるありがたい存在だけれども、本当に才能がある人間っていうのは弦川みたいなやつを言うんだと俺は思う。

「乙井、定期的にボロボロになってるよね？　だいたい弦川さんのせいなの、ちょっとウケる」

いつの間にかそばにギャルの山下が立っていた。

「ははは……」

「でもチャンスだ。乙井から一位を奪えるかもしれない」

「一位？　何の？」

「テストの順位に決まってるじゃん」

「え？　山下ってそんなに勉強できたっけ？」

俺が訊くと「はあああ」と山下は大袈裟にため息をついた。

「乙井がモテない理由がよくわかった」

なんかよくわからないがめっちゃ貶《けな》された。

「そう辛辣に言うなよ。乙井は基本的に他人に興味がないんだよ」

三沢がフォローしているのかいないのかよくわからないことを言う。

「ウチ、一応クラス二位で、学年でも五位なの。こんな見た目だけど、ちゃんと頭いいの。ってか、人を見た目で判断しないほうがいいよ？」

「うっ、悪かったよ……」

「わかればよろしい」

悔しいから、次の中間も全力で準備してこいつに負けないように頑張ろうと密《ひそ》かに誓った。さっき言った通り、目処は立った。勉強する時間は十分にある。

＊

放課後の部室。

俺はノートを広げ、キーボードの前に座る。

「待たせて悪かったな。さっそくやってみよう」

「あ、め……」

弦川が不可解な言葉を口走った。

「あめ？　雨？　それとも飴《あめ》？」

「ち、ちが……眼鏡」

「ああ、これな」

俺は自分の眼鏡を指さす。

「普段、コンタクトなんだよ。実はめちゃくちゃ目、悪いんだ。弦川は裸眼？」

「裸眼」

「羨ましいなぁ。眼鏡なしで何も気にしないで生活できるって」

俺は自分の眼鏡顔が嫌いだから中学のころからコンタクトだった。ただですらがり勉キャラなのにビン底みたいな分厚い眼鏡をかけていたらイジってくれって言っているようなものだ。俺にだってそこそこのプライドがあるから、親に頼んで早々にコンタクトにしてしまった。

「お、乙井くんの眼鏡……知的な感じで、いいと、思う」

「え」

まさか褒められるとは思わずちょっとびっくりする。続いて照れが襲ってきて顔が熱くなる。

「それは、その……どうも」

「どう、いたしまして」

「「……」」

お互い黙ってしまった。

「曲、やるか」

「うん！　やろう！」

共通の話題があるって助かるな。こういう気まずい瞬間が訪れても、すぐに正規ルートに戻れる。

俺は改めて楽譜に目を落とした。

ゲームの曲を三曲耳コピし、ピアノ伴奏のみで演奏できるようにアレンジしていた。結局土日を入れて、一日二時間睡眠を五日間やってしまったのだが、その原因は耳コピではなくアレンジのほうにあった。

コード進行さえ取れてしまえば適当に弾く分にはそれほど難しくない。だが、バンド編成の曲をピアノでカッコよく聞かせるにはどうしたらいいか……けっこう迷ってしまった。

弦川の声を生かせる曲調は、どんな感じなのか。

今までもキーボードアレンジ自体は何度もやった経験があったけれど、すべて雑に作っていたのだと痛感した。

ずいぶん悩んだから、ここに持ってきた三曲は納得の出来だ。

「デモ音源は聞いてきてくれたか」

こくりと頷く弦川。

「だったら大丈夫だな。じゃあ一曲目から――」

――部室で演奏してみた楽曲は素晴らしい出来だった。

「これならバッチリだな」

「うん！　うん！」

そう、俺も弦川も、初ステージを前にして期待に胸を膨らませていた。

この素晴らしい曲を人前で演奏できることに興奮していた。

そのはず、なのだが……。

＊

「弦川……大丈夫か？」

地区演奏会当日、俺と弦川は絶望の底にいた。

学校の裏にある市民会館の小ホールが俺たちの会場だった。控室はかなり広く、チョウ高生たちが一か所に集められていた。

オーケストラ部や合唱部も一緒にいる部屋の片隅で、弦川はぶるぶる震えていた。

「大丈夫じゃ、ない……！」

ブンブン頭を横に振る弦川の目は、涙で潤んでいる。

市民会館に来たときはまったく問題ない様子だったのに、声出しに練習室に行って戻ってきてから様子がおかしくなっていた。

「こ、声の出し方、忘れた」

「なに⁉」

「あー、あ〜〜〜〜」

弦川の口からしめ上げられた鶏みたいな声が聞こえた。かなり苦しそうだ。

「ど、どうしたって言うんだよ」

俺もかなりテンパってきた。こんな声じゃステージなんて無理だ。

「し、失敗が、こ、怖くて……せっかく動画が、バズって、同好会が、できたのに、ここで失敗したらって思うと、こここ、怖くて……！　そしたら、どうやって歌ったらいいのか、わ、わあああ、わからなくなった。ご、ご、ごめんなさい、乙井くん、ごめんなさい……‼」

これは……新しい問題だ。

弦川はこの間の動画で成功した。みんなに認められるという経験をした。それは彼女にとってきっと、大きな一歩だったはず。

だが成功体験は失敗への恐れを生んだ。

期待に応えられなかったらどうしよう……そんな想いが弦川の喉を縛りつけてしまったのだ。

「とにかく落ち着け。深呼吸しよう」

「う、うん。すーーーはーーーーすーーーーはーーー」

「よし、声出してみろ」

「あー、あーーーーーーー」

全然ダメだった。

「う、う……」

弦川がしゃくりあげ始める。

どうする？　こんな状態でステージに立ったら間違いなく酷《ひど》い歌を歌う羽目になる。弦川は自信をなくして再起不能になるだろう。クソっ、本当は最高の歌が歌えるのに、こんなことで……。

「ちょっといいかな、君たち」

「なんですか？」

突然声をかけられて、俺はけっこう不機嫌に答えてしまったと思う。今は誰かと話している場合ではなく、弦川を復活させる方法を考えなければいけないから。

それでも最低限の礼儀として、声の主のほうを俺は振り返った。

チョウ高の制服を着た女性が立っていた。

すらりと長い脚。切れ長の目と艶やかな髪。大和なでしこという言葉がぴったりな彼女は――

「岩波絵美里《いわなみえみり》先輩！」

「ん？　私のこと知ってるの？」

「もちろん、有名ですから」

オーケストラ部の岩波先輩と言えば、校内で知らない人はいない。現在、三年生。オケラの元部長で、部では1ｓｔヴァイオリンという花形パートを担当。それだけではなく、ソロでピアノのコンクールに出たり、学内のバンドでギターヴォーカルを頼まれて演奏したり、助っ人で合唱部に参加したり……とにかく音楽方面で大活躍な人だ。さっきも、控室でリハをする合唱部の中でソロパートを歌っていたから、今回も大役で出演するんだろう。

俺が入学して過ごした前期の間だけでもいくつもの伝説を残しており、俺は密かに憧れていた。あれだけ自由自在に音が奏でられるのであれば、きっとすごく音楽が楽しいんだろうなと思う。始めたばっかりの俺ですら、こんなに楽しいんだから。

それでいて成績は学年トップで、東大に入るだろうと言われている。

しかも美人。昨年の文化祭のミスコンではトップを取っている。

まさに才色兼備を絵に描いたような存在で全校生徒の憧れの的だ。

そんな岩波先輩が俺たちに話しかけてくるのは謎だ。トップカーストの先輩が俺たちみたいな陰の者にいったい何の用だ？

「入ったばかりの一年生に名前を覚えてもらえているなんて光栄だね。じゃあその有名な先輩から、迷える君に一言、アドバイスをしようか」

「は、はひ！」

弦川の緊張がさらに高まった。

でも岩波先輩はお構いなしだ。つかつかと弦川に近づくと、足元を指さして、

「そこに仰向けに寝転がってみて」

と言った。

弦川は困惑した面持ちだ。俺も意味がわからない。ただ、岩波先輩ほどの人間のアドバイスだから、とりあえず応じたほうがいいと思った。

「弦川、言われた通りにしてみたら？」

俺に言われると、弦川は素直に従った。

仰向けになって、岩波先輩のほうをもの問いたげに見つめる。

「これから昼寝をするつもりで目を閉じて。それで息を楽にして」

言われた通りにする弦川。呼吸音が寝息みたいだ。

まだ意図が読めない。リラックスさせているのだろうか？

「よしよし、いい感じだよ。はい、そこの男子。ピアノの伴奏をして」

「え？　あ、はい」

言われた通り、控室に備えられているアップライトピアノで、曲のイントロを弾く。

まさかこの状態で歌を？

「はい、歌って」

弦川が口を開き、声を出した。

何か意味があるのだろうか、と疑っていたのだが……

美声が聞こえて、驚愕する。

伴奏のリズムが乱れてしまった。弦川は乱れない。ただ驚いて思わず目を開いてしまったようだった。そして俺のほうを嬉しそうに見つめながら歌う。

「はーいOK」

「っ、弦川。普通に歌えた……のか？」

演奏をやめて問いかけると、弦川はブンブン頭を振って肯定した。

弦川のスランプが一発で治った⁉　嘘だろ⁉　いったいどんな魔法を使ったんだ⁉

「思い出せたみたいだね」

魔法を使った岩波先輩は謎めいた発言をする。

「思い出せた、とは？」

「緊張してこの子、腹式呼吸の仕方を忘れてたんだよ」

岩波先輩は手を自分の腹に持っていく。

「腹式呼吸は、胸を膨らませるんじゃなくて、おなかを膨らませる呼吸法。横隔膜を下に引くイメージだね。こっちのほうがよく響く声が出せる。胸を膨らませる胸式呼吸は喉を締めちゃうから歌を歌うのには適さない。まあ、そのくらいのことは君たちも知ってるよね」

もちろん知っている。歌唱を学ぶと必ず出てくる話だ。

「弦川さん、だっけ？　君はおそらく、普段は腹式呼吸で歌えてる。今日はパニックになってやり方を忘れちゃったんだよ。いつもは感覚でやってるんだね。だから強制的に思い出させることにした」

自分から仰向けになる岩波先輩。

「人間が日常生活で一番自然な腹式呼吸をするのは睡眠中。仰向けに寝転がって息をすると、自然と腹式呼吸になるんだ」

そう言って、「あー」と綺麗な声を出す。

それは知らなかった。

と、わちゃわちゃしている間に、出番の時間になった。

「さ、行ってらっしゃい。さっきの演奏、すごくよかった。最近はやってるゲームの曲だよね。ぶちかましてきな！」

岩波先輩に背中をポンと叩かれる。

彼女の「すごくよかった」は俺たちにとってすごい自信になった。

＊

袖から舞台上に出る。赤いカーテンで観客席との間が仕切られていて、ステージ上は俺たち二人とホールのスタッフだけの世界になっている。

マイクをステージの真ん中に立て、俺は観客席から見て右手（上手《かみて》と言う）側のやや後ろに陣取る。

スタッフに確認し、ＤＩ《ダイレクトボックス》という箱状の機材とキーボードをシールドで繋ぐ。なぜＤＩを使うのか説明するのはけっこうややこしいが、とりあえずこれを使うことでノイズが乗らないで済んだり音質が劣化しないで済んだりする。

適当に和音を弾き、ＰＡに音量を調整してもらう。同時進行で弦川も声を出し音量を調整。

「弦川、だいじょぶか？」

俺の問いにこくりと頷く弦川。

準備完了。

さあ、デビュー戦だ。

「続いては、県立調部高校フォークソング同好会です」

落ち着いた声のアナウンスとともに、幕がゆっくりと上がる。

客席の入り状況は、五割と言ったところか。多くが高校の制服を着ているから出演者たちなのだろう。平日だから地元の人はそこまで多くない。

同じ出演者だろうと、観客は観客。

弦川の歌を聞いてくれ……！

曲はキーボードによるイントロで始まる。震える手を押さえるようにして俺は演奏を開始した。

緊張している割にはきちんと弾けた……と思う。少なくともリズムは外していない。

そして始まる、弦川の歌。

彼女の声が響いた瞬間、空気が変わった。

弦川が歌うまでは、おしゃべりこそしていなかったけれど、観客の注意は散漫だった。なんとなく緩いというか、しまりのない雰囲気がしていた。

それが——すべての視線が弦川に釘づけになる。

それくらい圧のある声を弦川は出していた。

観客たちの中には、曲が何なのか気づいたのか、表情を明るくして隣の友人をつついている者もいる。肩を揺らしてリズムを取っている者の姿もある。若者に人気のコンテンツから曲を引っ張ってきたのがいい効果を上げた。

会場全体が弦川の歌に呑《の》まれていった。

そして不思議なことに、観客が味方に付いたことで俺の中の緊張が消え去った。

もしかしたら俺自身も弦川に呑まれたのかもしれない。

三曲、ＭＣなしで駆け抜けた。

幕が下がるまで、コンマ三秒とか、そんな風に感じた。ずっとステージにいたいとさえ思うくらい、素晴らしいステージだった——。

4

控室に戻る途中の廊下で、俺は弦川に話しかけた。

「どうだった、弦川」

「さ、さささささサイコー、だった……‼」

弦川の満面の笑み。今まで見た中で一番明るい顔だった。

同じ気持ちでステージに立っていてくれたんだなと思うと嬉しい。普段は重くて運ぶのが面倒なキーボードが軽く感じる。

「山田さん、やっぱり来られないって？」

「うん。声がまったく出ないって……」

「そっか。インフルエンザじゃ仕方ないよね……」

控室に戻ると、何やら深刻そうな会話が繰り広げられていた。

話しているのは合唱部の面々だ。どうやらソプラノでソロパートを担当する人が来られなくなったらしい。今朝、控室で合唱部が練習しているときは岩波先輩が歌っていたから、てっきり先輩が歌うものだと思っていたけれど、リハーサルのための代打だったのか。

「岩波先輩。申し訳ないんですが、代わりに出てもらえますか？」

合唱部の女子部員が岩波先輩に手を合わせている。

「私は引退した身だしなぁ」

岩波先輩は渋っている様子だ。三年生があまり出しゃばらないようにしたいのかもしれない。オーケストラ部も合唱部も二年生以下の生徒ばかりが控室にいるから、伝統的に三年生は出ないもののようだ。

「そこを、なんとか……！」

けれど合唱部の女子部員は必死だ。せっかく今まで練習してきたのにソロパートがなくてはステージが台無しだから、こちらの気持ちもよくわかる。

「いや、私が出なくても大丈夫なんだよ。もっと最適な子がいるから」

「え？　言っておきますけど、合唱部のみんなは誰もソロパート練習してないから、たとえポテンシャルがあったとしてもできませんよ？」

「部外の子だよ。ほら、この子」

ポン、と弦川の肩に手を置いた。

「わ、わわ、私⁉」

ドン引きするみたいな勢いで体をビクつかせる弦川。無理もない。藪《やぶ》から棒ならぬ藪からショットガンくらいの唐突さだ。

「そう、君。歌えるでしょ、ソロパート」

いや何を言ってるんだ。歌えるわけないだろ。

俺は思った。おそらくこの場の誰もが俺と同じ気持ちだったはずだ。

しかし、

「ま、まあ、歌えます、けども……」

弦川は頷いた。

え？　いつの間に練習してたんだ？

「よし、じゃあ決まり。ソロパートの代打、よろしくぅ！」

「ででででも、歌えるけど歌えるとは限らない、というか……」

支離滅裂な言い方だけれども言いたいことはわかる。歌う能力があったって、ぶっつけ本番でステージ上で歌えるとは限らない、と弦川は思っているのだ。

「だいじょーぶだいじょーぶ。さっきのステージも最高だったし、君ならイケるよ！」

さわやかな笑顔で言い切る岩波先輩。

「とにかく、私のことを信じて、弦川さん。それから合唱部のみんなも。ヤバそうだったら私が代わりに入るから、この子にソロパート任せてみてよ」

合唱部の部員たちは弦川を胡散臭《うさんくさ》そうに見つつ、岩波先輩が言うなら……という感じだった。

「弦川……どうする？」

「先輩が、そこまで言うなら、う、歌ってみたい……！」

前向きな弦川を見て、俺は嬉しくなった。

そして俺も、弦川の合唱ソロパートとやらを聞いてみたかった。

「よっしゃ！　じゃあ行ってこい！」

「うん！」

*

弦川は威勢よく頷いたものの、ガチガチに緊張した感じでステージに向かった。壇上に上がっていく際、右手と右足が一緒に前に出てしまっていて、岩波先輩に直されていた。

本当に大丈夫なのだろうか……?

不安を感じつつ、俺は客席で弦川のステージを見つめる。

ピアノの伴奏を皮切りに、合唱が始まった。

弦川は女子側の中段の一番端に立っていた。

よくわからないが、きちんと歌っている感じだった。

うまく合唱に溶け込んでいるから曲そのものを知っていたのかもしれない。

その隣で岩波先輩が歌っている。

もし弦川がソロパートを歌えなかった場合に代わりに歌えるようにステージに出ているのだ。

そして問題のソロ開始時――。

弦川は一小節前から最前線に移動し、ピッタリのタイミングで口を開いた。

綺麗なソプラノだった。

普段のポップソングの地声ではなく、合唱らしい伸びのある裏声を響かせた。合唱部の面々がギョッとした感じで目を見開いている。

俺も驚いた。その美声と、本当にソロパートを歌ってしまう技量と、それから、ぶっつけ本番で曲を形にした弦川の勝負強さに。

普段はあんなに自信なさげな弦川が、ステージの上では威風堂々という言葉が似合いそうなくらいの存在感で、眩《まばゆ》く輝いている。

あの場所こそ、弦川のいるべき場所なんだ。観客席の片隅で俺はそう感じていた。

一緒に歌っている岩波先輩だけが得意げな笑みを浮かべているのが印象的だった。

まるで最初から弦川を知り尽くしているかのような笑み。

弦川のすごさをいち早く見抜いた岩波先輩に、強烈なシンパシーを感じつつ、ちょっとした嫉妬も覚えていた。

俺のほうが弦川に詳しいんだからな、と——。

＊

演奏終了後に控室に行ってみると、弦川の周りを合唱部の面々が取り囲み、弦川がもみくちゃにされていた。

「いやー、助かったよ！　ありがとう！」

「すごくいい歌だった！」

「てか合唱部に入らない？」

合唱部からすれば弦川は救世主。こういう反応になるのも無理はない。

ただ弦川にはしんどいようで、

「え、あ、うあ……」

俺を見つけると、ダッシュで俺のところまできて後ろに隠れた。俺のシャツの裾を摑んでぶるぶる震えている。

「すみません。弦川のＭＰが切れました」

「恥ずかしがり屋なんだね」

合唱部員の一人が言うと、笑いが起こった。

「しっかし、すごいなー。あのパート、かなり練習しないと歌えないでしょ？　まだ一年生だよね？　もしかして中学のとき合唱部でこの曲やってたとか？」

「えっと、その……」

「今日初めて聞いたんだよね？　合唱部のリハーサルで」

岩波先輩が会話に割り込んできて、言った。

弦川が頷く。

部屋全体に衝撃が走る。

「え、それ、マジ？」

俺はつぶやくように聞いた。

「マジだよマジ」

答えたのは弦川ではなく岩波先輩だ。

「たまにいるのよ。聞いただけですぐに曲を再現できちゃう子が。たぶん、極端に耳がいいってことなんだろうけど」

驚異的な耳のよさ、か……。

「合唱部のリハーサルのあと、廊下でこの子が突然歌い出したのを聞いて、もしかしたらって思ったんだよね。この子は曲を聴いただけで歌えるんじゃないか、と……」

「えっと、あの……みんなは、できない？」

不安げに周りをきょろきょろしながら弦川が訊いた。

「できないんだよなぁ」

岩波先輩が笑う。

「音楽の専門的な教育を受けたことある？」

「な、ない……」

「天賦の才ってやつか。参っちゃうね」

弦川の答えに対して大袈裟に天井を仰いで見せる先輩。

「も、もしかしたら……小さいころ、音楽をいっぱい聞いたから、かも。五歳から、八歳の途中まで、ドイツにいた、から……」

「え、弦川って帰国子女だったの⁉」

思わず俺は訊いてしまう。

全然そんな雰囲気を出していないので驚いてしまった。

「うん……。パパ、外資系の企業で働いてて、転勤が多くて……。ドイツの前はイギリスにいた。八歳から中学までは日本にいて、国内をちょこちょこ、引っ越してた」

「そうだったのか……」

最近ずっと弦川と一緒にいたはずなのに、全然知らなかった。弦川が自分の話をしないからだろうけど……。

俺はあまりにも弦川について知らなすぎる自分にちょっとだけ凹んだ。ユニットなんだ。お互いのことをきちんと理解してたほうがいいと思っていたから。

これからはもっと弦川と雑談しよう、と密かに誓う。

「ねえねえ、合唱部に入りなよ。その声、絶対天下取れるって」

合唱部員の一人が弦川の手を取って言った。

「あ、あの、ごごごごめんなさい。フォークソング同好会があるから、その……」

「そっかぁ。先越されたのマジやられたー!!」

合唱部の部員たちは本気で悔しがっていた。

俺はホッとする。合唱にハマってしまって俺とのユニットをやめられたら困る。いや、弦川が合唱部のほうが楽しくて輝けるなら俺は涙を飲んで引き渡すけれども。俺が選ばれて安心すると同時に、嬉しく思う。

「楽器はやってる?」

「や、やって、ない……」

「そっか。何かやってみるといいよ。たぶん、初めて聞いた曲をその場ですぐ演奏できるようになるから」

「は、はい！」

ともあれ弦川の新しい才能が見つかった。

これはユニットがまた面白くなるぞ……！

#4　アイネクライネ〝ナハト〟ムジーク

1

フォークソング同好会の部室で、今日も俺と弦川は練習に励んでいた。

十月に入っていた。残っていた夏の暑さも収まってきて、だいぶ秋らしくなってきた気がする。

俺と弦川は毎日新しい曲を練習していた。録音し、聴き直し、それからまた演奏の繰り返しだ。弦川が一回聴いた曲を歌えてしまうという能力があるとわかったので、ガンガンいろんな曲をコピーした。俺も経験を積めるから頑張れている。

連日コピーをしていてわかったのは、弦川は聞いてすぐの曲をうまくは歌えるが、さすがにファーストテイクだと、クオリティは最高だとはいえないということだ。地区演奏会でのソプラノ独唱は見事だったけれど、やはり弦川のポテンシャルは出し切れていない。曲をじっくり聴き、練習して初めて素晴らしい歌唱ができるようになるのは、弦川も常人と同じ。

今はいろんな曲を演奏して楽しむことでインプットをたくさんするのが大事だと思う。なので練習あるのみだ。

「どうだった、弦川」

「楽しかった……！」

ジャズ系の曲を歌い終わり、感想を訊くと、好感触の答えが返ってきた。うん、満足しているみたいだ。

ユニットとしては非常に順調。部室での練習も慣れてきていい感じだ。

ただ、ここのところ気になっていることがあった。

部屋の窓際に机と椅子が設置されていて、女子が一人、座って勉強している。

岩波絵美里先輩だ。

先週の金曜が地区演奏会。土日が休み。月曜日の放課後から本日木曜日の放課後まで、毎日、岩波先輩はこの部室に来ている。

「あの、岩波先輩……今日もいるんですね？」

「邪魔？」

「いや、別にそういうわけではないんですけど」

邪魔されてるわけではない。岩波先輩は基本、静かだ。俺たちが休憩していると雑談に交じってきたりもするけど、再び練習しようとすると、それを敏感に察知して勉強に戻る。いてもまったく問題はない。

でも……

「なんでいるのかなぁ、と」

俺は前三日間訊けなかったことを質問した。先輩がここにいる意味がよくわからない。

「いいBGMになるんだ」

「弦川の歌はまだしも、俺のピアノなんて聞いてられないんじゃ……」

コンクールで入賞するレベルの人にとって俺のピアノは雑音にしか聞こえないんじゃないだろうか。

「奏太のピアノは、まあ初心者を抜けて初級者になったくらいのレベルだけど……」

事実だがはっきり言われるとグサッと来る。

「でも粗削りな中に音楽への愛を感じるね。私は嫌いじゃない」

「そ、そうっすか……」

一応、褒められてるの、か……？

「あー、褒めてるのか貶してるのかわかんなくて困ってる感じ？」

完全に内心を見透かされていて居心地が悪くなる。

「褒めてるよ。その感じだとだいたい……そうだな、楽器始めて四～五か月くらいでしょ？」

「なんでわかるんすか？」

「しっかり弾けてるけど細部には全然目が行き届いてないところが始めて数か月くらいに感じるんだ。楽譜通り演奏できてるけど、全体的に音がのっぺりしてて強弱がついてないところとか、あー、始めたてだなーって思う。まだ音の表情とかがわかってないんだよね、たぶん」

あまりにもその通り過ぎて俺は言葉も出なかった。

「それから……この間の地区演奏会の曲。アレンジしたの奏太だよね？」

「はい」

「セブンスとかナインスを省略してたでしょ」

うわっ、バレてた……！

セブンス、ナインスというのはコードの構成音のことだ。たとえばCセブンスと言った場合には「ドミソ」の和音に、七番目の音であるシの♭をつける。これでCセブンス。ナインスはそれにレをつけるものだ。ただこの辺になるとかなり和音としては複雑で、俺みたいな初級者だと耳で拾うのが難しくなってくる。なので俺はその辺をすべて省略し、「ドミソ」のような三和音《トライアド》のみを使ってアレンジをしていた。それでも音楽的には成立するからだ。

だけどやっぱり音楽に詳しい人に聴かれるとわかってしまうんだな……。これはけっこう凹む。

「何凹んでんの。自分ができる範囲でしっかり曲にしたわけでしょ？　悪いことじゃないよ。聴いててカッコよかったし」

うー、完全に慰められている。

「たった五か月くらいでこのレベルなんだから相当練習してるよね？　素直にすごいと思うよ。ここまでできるようになるやつばかりじゃない」

「でも岩波先輩とかと比べたら……」

「アホ。私がいつからピアノやってると思うの？　三歳だよ？　始めて数か月のやつに追いつかれてたまるか」

笑いながら言う岩波先輩。

「乙井くんのピアノ、上手だと思うけど……」

弦川は肩入れしてくれるが、

「上を見たらキリがないって話」

と岩波先輩は諭すように説いた。

音楽だけではなく芸事全般がそうなのだろうが、趣味のレベル……たとえば、友達に「上手だね」と言ってもらえるレベルに到達するのはそこまで難しくないけれど、プロレベル、探究者レベルに到達するのは尋常じゃなく難しいという話だと思う。俺は短期間で相当な努力を重ね、趣味レベルには早々にたどり着けたが、ここから先の道はかなり長いのだろう。

岩波先輩の背中、遠いなぁ……。

その岩波先輩は優雅に背筋を伸ばし、問題集を解いている。スマホでストップウォッチのアプリを起動し、問題を解くのにかかる時間をはかっているようで……。

「あー。ちょっとかかっちゃったか……」

「……何の問題解いてるんです？」

「東大模試の過去問」

「それにしては時間、短くないですか？」

「タイムアタックしてる」

「なぜ……？」

「そのくらいしかやることがないのよ。解けない問題は基本的にない。答えが完璧になるとは限らないけど、これぱっかりはケアレスミスとか勘違いとかいろいろあるからゼロにするのは難しい。だから解き続けなきゃいけないんだけど普通にやってても飽きちゃうから……縛りプレイでもしようかなって」

すげぇ、アクションゲームのＲＴＡ《リアルタイムアタック》みたいだ。学力のレベルが違いすぎる。

「なんでチョウ高になんか来たんです？　もっと上の学校狙えたんじゃないですか？」

チョウ高はたしかに進学校だが、もっと上の高校は県立にも私立にもある。いや、県内に限らず、都内の私立の最上位高校とか、国立大学附属の高校とかなんかも岩波先輩のレベルだったら全然狙えそうだ。東大確実と言われるレベルなんだから。

俺が質問すると、ぴくっと岩波先輩の形のいい眉が動いた。

ヤバい、地雷を踏んだか？

「すみません、答えたくなければ、全然……」

「家が近かったから」

「――へ？」

「私の家、チョウ高から自転車で五分くらいのところにあるんだ。通学に時間を取られるのがもったいないような気がしたから家から近い学校に来たくて、それがチョウ高だったってわけ」

そんな理由で？

「チョウ高はラッキー。岩波家が近くにあったおかげで東大生を一人輩出できる」

弦川が口を挟んでくる。

「受かるかはわからないよ。受験には魔物が棲《す》んでるから」

と言いつつ、岩波先輩は余裕綽々《しゃくしゃく》な様子で伸びをする。採点は一瞬で終わっている。ほとんど正解だからだ。

日本の大学ではなく海外の大学も目指せるんじゃないかと思うくらい、岩波先輩は頭がいい。

「すごいですね、ホント……。うおっ」

話をしながら、翌日に演奏する曲の伴奏を練習していたら、キーボード上で指がこんがらがった。

もうキーボードを弾くようになって半年近く経《た》っているのに、左手の運指が複雑だとうまく弾けなくなる。

「そのピアノ譜、左手難しいよね」

「知ってるんですか？」

「楽器屋で見たことある。これはね……」

岩波先輩が席を立ち、俺の後ろに立った。

「こういう運指で弾くと弾きやすいよ」

左手のフレーズをいとも簡単に弾きこなす。俺の指使いとはずいぶん違う。

「もう一回、ゆっくり弾くね」

俺が固まっていたからか、今度はスローで弾いてくれた。わかりやすい。試しに俺もやってみる。ゆっくりは弾けた。次はメトロノームに合わせて、本来のテンポでやってみると……。

「弾けた！」

「お上手！」

「すごい、乙井くんが一発で進化した……！」

岩波先輩は音楽ができるだけでなく教えるのもうまい。

「天は二物三物を与えるんだなぁ……」

俺は感心してしまう。

ただ一つ、疑問に思う。

「岩波先輩ってめちゃくちゃ頭いいですけど、音楽もヤバいじゃないですか。音大を受けようとは思わなかったんですか？」

俺は訊いた。

意外かもしれないが、音楽は数学と似ている。音楽理論の本は異様に分厚いし、そもそも音自体が物理現象だ。音は空気の振動によって発生し、人間の耳はその振動を感知して音を認識する。

岩波先輩はこれだけ頭がよく、ましてや音楽の感性も鋭いのだから、音大に行っても大成できるんじゃないかと思った。たとえば東京藝術大学なんかは、かなり学力も要求される。そっちは軽くパスできるだろうから、実技などの音楽まわりの勉強に集中すれば……岩波先輩ならまったく問題なく合格できそうだと思ってしまう。

「……そうだね、音大行こうとは思わなかった。ほら、めちゃくちゃ勉強ができるからって、みんなが医者になるわけじゃないでしょ？　実際私がそうだし。医学部も狙えそうだけど、私は文学部を受ける」

「そういうもんですか」

「そういうもん」

俺は少しだけ引っかかる。

どうして先輩は「文学部に入りたかったから」とシンプルに答えなかったのだろう。岩波先輩の言葉はいつも明快で、結論から入ることが多い。それがどうして回りくどい答え方をしたのか……。

「あ、部長！　こんなところに！」

俺の思考は戸口のほうから聞こえた声に遮られた。

開け放たれた部室の入り口に男が立っていた。今っぽいマッシュの髪型。二年生のオーケストラ部の井本《いもと》先輩だ。

「何の用？」

岩波先輩が答える。

井本先輩はこの間の地区演奏会のときに俺たちにも声をかけてくれた。パートはコントラバス。岩波先輩の後を継いで、オーケストラ部を引っ張っている。

「部長、またフォークソング同好会にいるんですか？　暇ならうちの練習、見にきてくださいよ」

「二つ訂正したい」

ピシッと指を二本、岩波先輩は立てる。

「第一に、私はもう部長じゃない。部長は井本、キミだよ」

「癖が抜けなくて……」

気まずそうに井本先輩は頭をかく。

「第二に、私は暇じゃない。ちゃんと受験勉強をしている」

「じゃあなんで乙井の横でキーボード弾いてるんですか」

「ポモドーロ・テクニックって知ってる？」

「卵ボーロの仲間ですか？」

「ポモドーロはイタリア語でトマトって意味だよ。トマト型のキッチンタイマーってあるでしょ？　提唱者があれを使ってたから『ポモドーロ・テクニック』って名前がついたんだ」

岩波先輩は手元のノートに、トマト型キッチンタイマーの絵を描きながら説明している。

「タイマーを二十五分に設定して作業を始めて、タイマーが鳴ったら五分くらい休憩するってのが基本セット。この基本セットを四〜五回くらいやったら十五分〜三十分くらいの長い休憩を取るって方法で、生産性がめちゃくちゃ上がるんだよね」

「要するにキーボード弾いてたのは休憩だ、と？」

「そういうこと」

今の説明で「休憩してただけだよ」って意味だってわかるのか、と俺は感心する。付き合いが長いってのはすごい。

「休憩中でもいいからうちの練習見てくださいよ」

「あなたたちは独り立ちするタイミングよ。もう十分実力があるんだから、先輩に頼るんじゃなくて、自分たちで頑張るべき。そうじゃないと、私たちの代のコピーにしかなれない」

「フォークソング同好会は違うんですか？」

「こっちはまだよちよち歩きの赤ちゃん。教えるべきことがたーくさんある」

うーん、貶されているような気がするが……。

「それに、なんだか懐かしくて。音楽って楽しいよね」

「うん、楽しい！」

弦川が反応すると、岩波先輩は目を細める。

かすかな違和感を俺は引きずる。

懐かしいという言葉と、楽しいという言葉が並んでいることに。

じゃあ今、岩波先輩は音楽が楽しくないのか？

2

十月半ばにさしかかり、クラスのほうも本格的に文化祭の準備が始まろうとしていた。

放課後にうちのクラスでも文化祭の出し物についてみんなで話し合うことになった。

「ほかに何かある人――」

我がクラスの委員長、作野が中心となって議題を進める。ガヤガヤと賑《にぎ》やかな教室でも作野の声はよく通る。

「お化け屋敷とか面白いんじゃね」

三沢の案を書記の女子が黒板に書き込んだ。

黒板にはすでにいろいろな出し物が書かれている。

パフォーマンス系だと、演劇、合唱。飲食系が喫茶店、クレープ、焼きそば、お好み焼き、洋風レストラン……。変わり種系だとこれまた三沢が挙げたスポッチャなど。

「はーい、喫茶店でクレープ出したーい」

山下がギャルっぽい気だるげな声で女子全開の提案をする。

弦川はというと、自分の席で完全に気配を消している。そんなに前の席の人に隠れなくても、作野は指名なんて残虐な行動はとらないから大丈夫だと伝えたい。誰かを指名する必要などなく、陽キャたちがいろいろ意見を出してくれるからだ。

未だにクラスで小さくなっている弦川を見ていると俺はどうしても苦笑いを浮かべてしまう。先日の動画がプチバズし、地区演奏会でも活躍したからか、弦川はクラスでそれなりのポジションを確立しているように見えたからだ。

陰キャで勉強もできなくて引っ込み思案だけど歌はめちゃくちゃうまいやつ。

弱点だらけだが一芸に秀でているので一目置かれていい存在。

誰かをいじめてポジション取りをするようなタイプの人間はこのクラスにはまずいないから、一目置かれさえすれば居場所を得るのはそんなに難しいことじゃない。

けれど弦川はなかなか自信が持てないらしい。

俺はクラスの趨勢《すうせい》を見守った。あんまり大変じゃない出し物になってくれるといいな、と思いながら。

メインはクラスの出し物ではなく後夜祭だ。文化祭準備期間中もしっかり練習する必要がある。もちろん、クラスのお手伝いもきちんとやるつもりだ。

――と俺なりの文化祭プランに考えを巡らせているが、実はまだ後夜祭に出られると決まったわけではない。エントリーして選ばれなければ出られない。噂によると今年も枠以上のたくさんの応募がありそうだとのこと。この段階からすでに戦いは始まっている。しっかり準備しなければならない。

エントリーには、そのグループがどういう発表をするのかわかる資料が必要になる。音楽系の場合はデモテープ――音源データの提出を求められる。

実際に演奏する曲の中から一つを録って渡せばいいので、俺はそのための歌を作詞作曲した。今日このあと、部室で合わせてみる予定だ。

早く弦川の歌を聴きたくて俺はうずうずしていた。文化祭の出し物、早く決まらないかな……。

「それじゃー、喫茶店でクレープと焼きそばとオムライスを出すってことでＯＫだな」

作野の号令で文化祭の出し物が確定する。魔改造が進み、折衷案に落ち着いた形だ。

異議がないので俺は口を挟まない。オーソドックスでいいと思う。手伝いもそこまで大変じゃなさそうで安心した。

さあ、部活の時間だ。

＊

部室に弦川と二人で行くなり、俺はＰＣを取り出した。電源を入れてスピーカーを繋いだりと、いろいろ準備をしつつ、

「デモの曲を作ってきたから、聞いてくれないか？」

と弦川に声をかける。

弦川は目を大きく開いて、こくこく頷く。興奮している様子だ。

さっそく、音源を再生する。俺の演奏技術的に仮歌音源はすべて打ち込みになる。最終的にはバンド編成にアレンジしたうえで、キーボードと歌だけをライブで演奏する形を考えている。今回は簡単なアレンジを打ち込み、ボーカロイドに歌を歌わせている。

曲調としては、ビリー・ジョエルなどを意識した、少し古風な洋楽風のポップソング。『ピアノ・マン』なんかをイメージした。

「すごい、すごくいい曲……！　歌ってみたい……！」

弦川の反応に、俺は心の中でガッツポーズをする。好感触だ。

キーボードのセッティングが完了する。弦川は「むー」などと言いながら伸びをして、スタンバイ。

一回聴いただけですぐに歌えるって、とんでもない能力だよな、と思う。最近ではギターを練習しているみたいだし、そのうち一回聴いた曲をその場で弾き語りし始めるようになるかもしれない。

俺も負けてらんないなと思う。いや、最初から才能には天と地ほどの差があるので勝負にならない。それでも、俺は俺なりに前に進みたい。そうあるべきだと思う。ユニットの一員なのだから。

「んじゃあいくぞ」

演奏開始。

だが……。

——あれ……？

最初に感じたのは強烈な違和感だった。

しかし違和感は覚えているのに、何が変なのかわからない。音程もリズムも完璧。わずかに俺の演奏とズレるときがあるのは、俺が走ったりモタったりしているからだ。正確なのは弦川のほうだと作詞作曲した俺にはわかっている。

でも、何がいけないんだろう。完璧なのに、違和感があるって、いったい……。

そう、完璧なんだ。リズムも音程も息継ぎの場所も……。

演奏が終わると弦川が、

「むー？」

と唸った。弦川としてもしっくり来ていないのだろう。

「何か、違う」

呟《つぶや》くように言う。

「ちょっと違う曲歌ってみるか？　もしかしたら本調子じゃないのかもしれない」

俺たちは地区演奏会で演奏したポップソングをやってみた。

鳥肌が立つくらい素晴らしい歌声が響く。

「よし、大丈夫だな。じゃあ俺の歌を……」

俺の曲を演奏すると、やはりなんかコレジャナイ感漂う歌が響く。

「「うーん」」

俺たちは同じように首をかしげて腕組みをした。

「おつかれさん」

二人で唸っていると、岩波先輩が入ってきた。

「あ、お疲れ様です。今日は遅かったですね」

「うん。クラスの出し物の話し合いが長引いて」

文化祭シーズンはどこもそういった感じらしい。

「先輩のところは何やるんですか？」

「うちは演劇」

「三年生で演劇ってけっこう重いですね？　みんな受験あるのに」

「まー、それだけで生きてくのはしんどいからね。学校行事を口実に息抜きしたい感じかな。それに高校生活最後だし、思い出作りたいんだよね。ってわけで私も一肌脱ぐことにした。劇伴やるの」

「「げきばん……？」」

聞いたことのない言葉が飛び出してきて、俺と弦川の声がハモった。

「劇につける音楽を私が作るってこと。やってもらえないかって頼まれたの。一年のときも二年のときも私のクラスは演劇じゃなかったから、経験はないんだけど、せっかくなら一回作ってみようって思って引き受けた」

クラスでやる演劇用にＢＧＭを作曲……そんなことできるのか、と俺は感嘆する。

「岩波先輩って、マジで音楽なら何でもできるんですね」

「まあ、私はオールラウンダーだからね」

そういう物言いも岩波先輩だと自然と素直に受け入れられる。実際にすごいんだから下手に謙遜されるより堂々としてくれていたほうがこちらも気持ちいい。

だけど、そうだよな。

岩波先輩は俺なんかとは違って音楽の歴も長ければ才能もある。

もしかしたら、岩波先輩なら……。

「先輩」

「ん？」

「今年は後夜祭に出る予定、あるんですか？」

「ううん。今年の文化祭はクラス手伝うだけにするつもり」

「だったら……俺たちと一緒に後夜祭に出てくれませんか？」

——俺の曲を、弦川は歌えなかった。

きっと俺の実力が足りないから。

でも弦川の歌を、俺は学校中に響かせたい。

だから……岩波先輩の力を借りたい、と思った。俺で足りないなら、すごい人を連れてくればいい。

そんな至極単純な理由で言ったのだけれど……。

「奏太」

普段からキリっとしている岩波先輩の顔が、一段と引き締まった。

「あんたさ、瑠歌の気持ち、ちゃんと考えてる？」

「え……？」

「瑠歌のこと、ちゃんと見てあげな」

言われて弦川のほうに視線を動かす。

弦川がまっすぐ俺を見つめている。いつもは全然目が合わないのに。

この目は……何だろう？　不安？　悲しみ？

弦川の内面が豊かなのは知っている。ちょっとした仕草に彼女の心が現れる。だけど、今の目は、いったい……。

「私……クビ？」

ぽつりと弦川は言った。

「え？」

クビ？　どうしてそうなる？

「乙井くんの曲、ちゃんと歌えなかった。だから、クビ？」

「んなバカなことあるか。弦川以外に誰が歌うんだよ」

弦川は岩波先輩を指さす。

あー、そういうことか。

くそっ、俺のバカ野郎。

考えてもみなかった。俺の中で弦川が歌うのは絶対だから。俺が足を引っ張ってるんだから助っ人として岩波先輩が欲しい。俺の頭の中だと話の流れは自然とそうなる。

でも弦川は逆だったんだ。

弦川が俺の足を引っ張っていると思って、そしてもっといい歌い手――岩波先輩が現れたから、俺がそっちに乗り換えると考えたんだ。

「ごめん、弦川。言い方が悪かった。弦川が歌うのは絶対だ。俺は弦川の歌が世界一好きだ。だから弦川に歌ってほしい」

「よかった、よかったよぉぉぉ」

ずっと堪《こら》えていたのかもしれない。

ぶわっと、弦川の目から涙が溢れ出てきた。

「泣くなよ。俺が悪かったから。俺は自分が……弦川の歌に釣り合わないんじゃないかって思って」

「そんなことない！　乙井くんは、すごい。私、乙井くんと一緒に歌いたい！」

じーんと、胸が熱くなる。

やべっ、ちょっと目頭が熱くなってきた……。

「ったく、若人は手がかかる」

岩波先輩が大袈裟に肩をすくめる。

「二歳しか違いませんよ」

「大きな差だよ。というわけで、もうちょっと二人で頑張ってみな。それに、申し訳ないけど、私、後夜祭には出るつもりないんだ。クラスの演劇用の音楽を担当しつつ、後夜祭にも出るってなると、さすがの私でも受験に響きそう。劇伴のほうは、基本、一人で進められるから、空き時間とかにぼんやり考えておいて、家でガーッて作業できるけど、ステージに立つとなると、みんなで合わせる必要があるでしょ？　その時間までは、なかなか、ね……。私は瑠歌みたいな才能はないから、一回聴いただけで曲を覚えられるわけじゃないし」

「……わかりました」

いくら岩波先輩だって人間なんだから限界があって当然だ。

「代わりにちょっとアドバイスしてあげるよ。奏太のオリジナル曲を瑠歌が歌ったらうまく行かなかったんでしょ？」

「え、どうしてわかったんです？」

「部室の外で聴いてたんだ。演奏中に入ったら邪魔になるだろうから入るの待ってたの。たしかに、瑠歌らしくない歌い方だった」

はっきり言われると、けっこう凹む。

「やっぱり俺の曲に問題が……」

「いや、それはない。いい曲だったと思うよ」

褒められると自信が即回復するんだから、俺も現金なものだ。

でもどうしてダメだったんだろう？

「これは仮説なんだけどさ。瑠歌の〝才能〟が今回は悪さをしてる気がするんだよね」

「「？？？」」

俺と弦川は同時に疑問の声を上げた。

「瑠歌はさ、聴いた曲を一発でコピーしちゃうでしょ？　で、まあ、同じ人間ではないからまったく同じ曲にはならないわけだけど……プロの歌ってやっぱうまいからさ、コピーしたうえで瑠歌の解釈が足されると、すごくいい感じになるんだよね。だけど今回の仮歌、ボーカロイドでしょ？　しかも、ほとんど調教してないやつ。瑠歌はたぶん、これをコピーしちゃったから機械的になったんじゃない？」

盲点だった。

いや、でも……

「俺の曲じゃないボカロ曲はちゃんと歌えてましたよ？」

「それは歌ってみたを無意識にコピーしてたのと、あと、プロのボカロは調教済みだからだよ。調教されたボカロは、わざとテンポをジャストにしてなかったり、音程を拍にぴったり合わせなかったりするんだ。たとえばさ、朝は〜って歌うとするじゃん」

即興のワンフレーズをド〜ド〜ミ〜の音程で歌う岩波先輩。

「人間らしく歌わせるためには、たとえばドドミ〜のミに入る前に、ちょっと低い音から入らせるの。極端にやると、ドドレミ〜みたいな感じ」

そう言って岩波先輩はドドのあとにわずかにレを入れてミを歌ってみせた。

「人間の歌唱だと、上に音程を上げるときは普通、ジャストの音になるのがわずかに遅れるものなんだ。でもボカロは、普通に入力するとジャストタイミングでその音を出すから機械っぽい。多くのボカロPはその辺をうまくズラして人間っぽく聞こえるようにしてる」

納得した。弦川の歌が妙に〝完璧〟に聞こえたのは、俺が打ち込んだボカロが杓子定規すぎたからだ。文字通り弦川の歌声は機械みたいになってしまった、というわけ。

「じゃあ俺が頑張ってボカロを調教すればいいのか」

「それは一つの解決法だね。歌唱者への指示を明確にするって意味では。ただ、ちょっともったいない気もする」

「もったいない？」

「コピーはあくまでコピー。せっかくオリジナルをやるなら、瑠歌らしい歌を目指したほうがいいんじゃない？」

「弦川らしい歌……」

「私、頑張る」

弦川がガッツポーズしながら言う。

「でもやり方、わからない」

そして肩を落とす。

「お手本のない歌を作ればいいんじゃない？」

岩波先輩の言葉に、俺も弦川も眉をひそめた。

「ねえ、奏太。奏太は歌詞って一人で書きたい派？」

「え？　どうだろう……どちらかと言うとメロディのほうが俺は重要、ですね」

「瑠歌は？」

「歌詞は……ちょっと書いてみたい。自信は、ない……」

「そしたら二人で歌詞を書けばいいよ。メロディは基本、奏太。ただ歌詞を作ってく中でメロディも変わるだろうから、たぶん二人で作る歌になるね。そしてそれは奏太一人で作ったわけじゃないから、できあがったときにはお手本が存在しない。瑠歌はきっと、瑠歌の歌を歌える」

「──たしかに！」

一気に視界が開けたような気持ちになる。

これなら、きっとやれる。弦川も同じ気持ちなのだろう。今日一番の明るい顔をしている。

岩波先輩はすごい。凄まじいほどの音楽の知識と経験、そして洞察力──。地区演奏会のときに一瞬で弦川のピンチを救ったのもビックリしたが、今回はもっとビックリした。

これほど音楽の才のある彼女が、音楽からは一歩退き、勉強に打ち込んでいる。なんだかもったいない気がする。いや、東大に入れる頭を持っているんだから、行かないのはそれはそれでもったいないけれど……。

ただ、東大に入って音楽を頑張るのだってアリなはずなのに、なんとなく俺は、岩波先輩は大学に入っても音楽には一線を引くんじゃないかなと思っていた。音楽を第一にする瞬間は来ないんじゃないか、と。なぜだかわからないけれど。

3

「一緒に曲を作る、か……」

《い、嫌?》

イヤホンから聞こえる弦川の声が震えていた。

「そういう意味じゃない」

嫌なわけないだろ。弦川、もっと自信を持ってくれよ。

部室にいる間に曲の方針が決まらず、かといって話を終えることもできず、俺と弦川は家に帰って夕飯を食べてから延長戦と称してライン通話を繋いで相談をしていた。俺は自室で、外に弦川の声が漏れないようにマイク付きのイヤホンを使って通話をしている。

「ただ、今までずっと一人で作ってきたから、あんまり実感が湧かないいんだ」

岩波先輩のアドバイスを聞いたときは「これだ！」と思ったが、実際、手を動かそうとしてみると、意外とどうしたらいいかわからない。

《普段は、どういう風に作ってる？》

「んー。ピアノを弾きながら、『あー、これいいメロディだなぁ』って思ったら、そこから膨らませる感じ。んで、それっぽいメロディができたらコンセプト決めて……。それか、いい曲を聴いたときに、『こんな曲、俺も書きてえ！』ってなってガーッと書き始めるとか。そういうのはオマージュになることが多い……かな」

《どちらにせよ、曲先《きょくせん》》

曲先というのは曲から先に作る作曲という、文字通りの意味だ。反対は詞先《しせん》になる。

「そうだな。歌詞は曲がある程度できてから書いてる」

《そしたらまず、二人で曲、作ろう》

ピコン、とラインに動画のＵＲＬが送られてくる。

見てみると、３ピースバンドと思《おぼ》しきバンドの動画だった。がちゃがちゃと楽器を演奏しているが、なんとなく取り止めのない感じがする。

「これは？」

《セッション動画》

セッションとは、決まった曲を演奏するのではなく、それぞれが即興で演奏し、合わせていくスタイルである。バンドの中には、このセッションを繰り返すことで曲を練り上げていくものもいる。

《二人で作るなら、セッションしてみるのも、いいと思う》

弦川が積極的に案を出してくれるのが嬉しいし、心強かった。

同時に反省する。

俺は無意識のうちに、弦川を「俺が面倒を見なければならない存在」だと思っていたのかもしれない。

弦川はコミュ力が壊滅的だ。それゆえ、誰も弦川の魅力を知らずにいた。俺がそれを知らしめるのだと使命感に燃えていた。

それは結局のところ俺だけの意思で物事が動いているだけで、そこに弦川の意思は入っていない。

だから俺は今日、ビビって岩波先輩にヘルプを求めた。俺一人では弦川を背負えないと怖くなったから。

だけどそんなに気負う必要、なかったんだ。

弦川にだって意思がある。想いがある。感情がある。

弦川は弦川で俺たち二人について真剣に考えてくれている。俺の曲を歌えなかったことを受け止め、どうやったら歌えるか思案してくれている。

俺たちは〝ユニット〟なんだ。

俺一人で演奏するわけじゃない。弦川と俺、二人で演奏するんだ。

＊

翌日の放課後、部室で俺はキーボードの前に座り、弦川は自然体で立っていた。

セッションをしてみることにしたのだ。

「とりあえず〝キー〟を決めるか」

「キー？」

そうか、弦川はまだ理論があまりわかっていないんだ。

「〝調〟って言ったほうがわかりやすいかな。ハ長調とかト短調とか言うだろ？　あれだ。五線譜を見ると、左上のところに♯《シャープ》とか♭《フラット》がついてるだろ？　あれで判断する」

俺は白鍵盤でドレミファソラシド〜と弾く。

「たとえばハ長調の場合、ドレミファソラシドのどれにも♯、♭がつかないから、白鍵盤だけ弾き続ければ、ハ長調の演奏になる。へ長調の場合はシに♭がつく。ただ……」

俺は、ファソラシ♭ドレミファ、と、へ長調で演奏する。

「これはへ長調だが、パッと聞いた感じ、ちょっと高い「ドレミファソラシド」に聞こえるだろ？」

「うん！」

「これは、基準となる音がハ長調の場合は〝ド〟で、へ長調の場合は〝ファ〟になり、そこから始めると、ちょうどへ長調は、すべての音をハ長調から二音半上げた形になるんだ。カラオケでキーを二音半上げた、みたいなイメージ。一音は♯二つ分だから、♯＋５でやる感じだ」

「なるほど！」

「というわけで、どの調《キー》で行くか決めると、使う音もだいたいどれにするか決まるからセッションしやすくなる」

「わかった。でも、どれがいい？」

「うーん。お互いセッション慣れしてないし、一番オーソドックスな……全部白鍵盤で行けるハ長調でいこうか」

「りょうかい！」

とりあえず俺はドミソの和音をベースに適当に伴奏を始めた。

ハミングで弦川が合わせてくれる。最初はドやミといった、基本的な音を白玉で伸ばすだけ。それでもハーモニーができあがり、心地よかった。弦川の声がそもそもいいから、癒やしを感じる。素材のよさみたいなものだろう。

演奏を終え、タブレットで録音したものを聞いてみる。

「曲にはなってないな」

「うん」

さすがに即興で曲ができあがるほど甘くはなかった。

「ただ、しばらく続けてみたいな」

俺は言った。

「プロだって、何度もセッションを重ねて曲を作るんだろ？　何か見えるかもしれない」

「うん、やってみよう！」

＊

俺たちは、セッションを重ねる傍ら、演奏以外にもいろいろなことを試した。

「音楽はインスピレーション。感受性を育てるべき」

「感受性かぁ……何したらいいんだ？」

「……よい絵を見る、とか？」

弦川がそんなことを言い出したので、俺たちは金曜の放課後、市内の美術館に向かった。

入館して、とりあえず手近な絵の前に立って二人で眺めた。

油彩絵の具で描かれた抽象画で、何の絵なのかあまりよくわからない。

「「……」」

無言で眺めること、一分くらい。

「感受性、育ったか？」

俺が訊くと、

「芸術は、難しい」

と弦川は渋い顔で答えた。

「同感だ」

その後、美術館内を一通り回った。

弦川は帰りに売店でポストカードを買っていた。館内に展示されている絵が印刷されたものだ。難しいと言いながらも、気に入った絵が数枚、あったらしい。

俺は全体的にさっぱりわからなかったのだが、弦川の満足げな表情を見ていると一緒に来てよかったなと思う。

「明日もどっか行くか？」

駅の改札前でふとそんなことを弦川に訊いていた。

「行く！」

「どこがいい？」

「えっと……」

弦川はすぐに返答しなかった。目をきょろきょろさせてあーでもない、こうでもないと考えている。

「もし行きたい場所がいくつかあるなら、土日暇だから全部行こうぜ」

「え？　いいの？」

「ああ。いい曲を作るためだ」

「ありがとう！　じゃあ、動物園……と、海に、行きたい！」

これはまた極端な場所だ。

「オーケイ。明日は動物園で、明後日は海に行くか。それじゃ、また明日な」

「また、明日！」

＊

動物園には、ターミナル駅からモノレールに乗り、ずばり動物公園駅という駅で下車する。

「わっ！」

入園してウサギを見つけるなり、弦川は興奮気味に動物を見つめた。

「ウサギ、好きなのか？」

「もふもふしてて、可愛い！」

目を輝かせながら、ケージを見つめている。

女子っぽいところもあるんだなぁと思う。

ほかにもキリンを見たり、ゾウを見たりした。

「なんかただ遊んでるだけだな、これじゃ」

「芸の肥やし」

真顔で言っている弦川は冗談なのか本気なのかちょっとよくわからない。

一通りまわって、売店で昼ご飯を買って食べて、その日は解散になった。本当にただ暇つぶしに遊びに行ったみたいな感じだったけれど、これはこれで楽しいからいいかなと思った。美術館と同じく、弦川が嬉しそうだったから俺としては満足だ。


そして、日曜日。

今度は海を見るべく、電車とバスを乗り継いで九十九里浜まで出向いた。

午後一の時間。バス停を降りて、穏やかな田舎道を歩く。一番暖かい時間帯だが、さすがに日差しも弱くなり、風が涼しかった。

浜まで出て、二人で並んで海を眺めた。

「海だ」

「海だな」

広大な海を前にして、弦川と俺は芸術性の欠片《かけら》もない感想を漏らす。水平線に太陽光が反射してきらきらしているのが綺麗だった。

潮風で弦川の髪がふわっと広がり、いつも隠れがちな素顔が見えた。

綺麗な顔をしていた。意外と鼻筋が通っていて、目鼻立ちもくっきりしている。いつも自信がなさそうにしているから表情が暗いが、今日は海を見て感動しているからか、頬をかすかに上気させ、表情も華やかだった。

弦川って、もしかして美人なんじゃないか？

って、おい、何考えてんだ。いまは良い音楽を作ることに集中しないと――。

「乙井くん？」

俺が黙っていたからか、弦川が俺のほうを向いて声をかけてくる。

「いや、綺麗だなって、海が」

「うん、すっごく綺麗！」

にっこりと笑う弦川から俺は目が離せなくなる。

――俺には海の景色より弦川の笑顔のほうが印象的だった。

その笑顔が、だんだん歪《ゆが》んでいった。眉がハの字になり、口はへの字になり、ひっくひっく、としゃくりあげ始め、そして両目から涙がすーっと流れてきた。

俺はうろたえる。

「ど、どうした、弦川……⁉」

何かマズいこと、言ったか？　女子を泣かせるようなことを。くそっ、俺もコミュ障だからなぁ。わからない……！

「楽しいから、涙、出た」

ふにゃふにゃになった声で弦川が言った。

「──楽しい？　楽しいのに、泣いてるのか？」

弦川が頷くと、涙のしずくがあたりに散る。しずくに太陽の光が反射して、弦川の顔が、うっすらと光に包まれて見えた。

「もっと早く乙井くんに会えてたら……人生、違ったのかなって、思った。乙井くんは、私を全然知らない世界に連れてってくれる」

「……大袈裟だなぁ」

とりあえず傷つけたわけではなくてホッとする。

「大袈裟じゃ、ない。私、友達と美術館にも動物園にも海にも、来たことなかった」

こういうとき、なんて言えばいいんだろう。

「小さいころから、いじめられてた」

哀しい言葉を、ぽつりぽつりと紡ぐ。波の音にかき消されてしまうくらい、弱々しい声で。

「イギリスにいたときも、ドイツにいたときも……日本に帰ってきてからも、どこに行っても、周りから、いじめられた。私はとろくて、どんくさかったから、きっとみんな、見ててイライラしたんだと、思う。パパとママも、どうして私はこんなにダメなんだろうって、きっと思ってた。家でもよく、怒られた。妹がすごく要領がよかったから、余計に私は、ダメに見えたと思う」

「……」

俺は言葉を失ってしまう。

弦川はもともと内気な性格で、周りに溶け込むのが得意なタイプではない。一つのコミュニティに馴染むのも大変なのに、親が転勤族。苦手なゲームをハードモードでプレイするようなものだ。

「小学校低学年までは、本当にただダメなやつだった。でも、五年生のとき、すごく難しいテストで百点を取った。そしたらいじめられなくなった。みんな、成績がいい私をいじめると先生がうるさいってわかったから」

弦川は微笑んだ。

そんな悲しい微笑みを俺は見たくなかった。

「パパとママもすごく褒めてくれた。勉強すれば、こんな私でも居場所がもらえるんだって、子供ながらに思った。だから、私、がり勉になった」

弦川が、がり勉……。

「いま意外って思った？」

俺のかすかな表情の変化を、弦川は敏感にとらえた。

申し訳ないけれど、図星だった。弦川の成績はクラスで四十番。学年でもおそらく五本指に入るくらい悪い。そんな彼女が、がり勉だった？

「うちの学校、偏差値、高い。忘れてた？」

「忘れてない。忘れてないけど……高校に入ると、もうなんか、あんま関係ないなって思う」

高校入試は、偏差値に合わせて学校が序列化されている。同じ学校にいる生徒たちはある程度、同水準の成績に落ち着いている場合も多い。うちの学校なんかはまさにそれだ。入るためには中学時代にかなり勉強し、かつ好成績でないと難しい。おそらくクラスメイトたちは皆、中学時代は秀才で通っていた者が多いのではないだろうか。

だが高校一年の十月——入学して半年も経ってしまうと、その同レベルの中で成績の序列ができていた。おおむね、高校に入ってから勉強の手を抜いた者が下のほうへ、頑張っている者が上のほうへ、という感じだとは思う。比較的がり勉っぽい生活様式を持っている者はそこそこ成績が上のほうにいる者が多い。かくいう俺も、あんまり表では見せていないが、けっこうしっかり勉強はしている。

「がり勉、やめたのか？　その、成績あんまりふるってないみたいだけど……」

「やってるつもり。だけど、高校の勉強、難しい。授業もすごくスピード速い。テストも難しい。頭いい人向けの授業で頭いい人向けのテストなんだって感じる」

弦川はうつむいて、手を震わせた。

「私はがり勉してめちゃくちゃ頑張ってチョウ高に入った。中学のときから友達と遊んだり部活やったりしないで、ただ勉強ばっかりやって、なんとかここに入った。高校でも同じように頑張った。でも追いつけなかった。周りの子たちは勉強についていきながら、それ以外に部活とか恋とか遊びとかやってる。乙井くんもそう。私は気づいた。ああ、人間としてのスペックが違うんだって」

ドッと弦川の感情の乗った言葉が、一気に吐き出された。いつもの途切れ途切れの、自信のなさそうな言葉じゃない。嵐の日、川が氾濫して流れ出した濁流のように、凄まじい圧と勢いで、俺に叩きつけられた。

そして俺は——その言葉を受け止めることができない。なぜなら俺には弦川の気持ちを理解できないから。言葉の意味はわかっても、心の部分で共感することができないから。

俺はクラスで成績一位だ。学年でも一位だったり二位だったり、そういうレベル。もちろん努力してその地位にいるのは確かだ。

自分が努力してこの地位にいるからこそ、努力をしてもそれこそ授業についてこれない者の気持ちなんてわからない。

だけど――これはすごく上から目線で我ながらクソだなと思うが――うちの学校の授業に全然ついてこられないスペックの人間が、努力で入学できるレベルまでもっていったのは純粋にすごいように思った。真の意味で、努力だけでここまで来ている。努力で才能の差をひっくり返している。

たとえば俺はゴミクズレベルで歌が下手で才能がない。それを努力でひっくり返してコンテストに入選したら、めちゃくちゃすごいだろう。

同時にこうも思ったんだ。

そこまでの努力ができる人間が、才能のある分野を見つけたら、どうなるんだろう、と。

でもそんなこと言ったって、きっと弦川は救われない。

彼女は口を閉ざし、うつむいたままだ。

何か、言葉をかけてあげたかった。

弦川を、励ましたかった。

でも俺はコミュ力もなければ語彙力もなくて、どうやったら弦川が元気になるのかまったくわからなくて……。

そんなダメな俺に対して、「もっと早く会いたかった」なんて言ってくれた弦川。

どう考えても俺には過ぎた言葉で——

だからただ純粋に今の想いを弦川に伝えることにした。

「ありがとう、弦川。俺と『もっと早く会いたかった』なんて、言ってくれて」

弦川は俺の唐突とも言える言葉に少し驚いた様子だった。

「『もっと早く会いたかった』ってさ、すごい褒め言葉だと思うんだよ。俺みたいなやつにそこまでの言葉をくれるなんて、ありがとう」

「乙井くんはすごい。謙遜しないほうがいい」

「いや。俺も弦川と似てるんだよ。勉強することが居場所作りだった」

俺は自分の過去を思い出す。

弦川みたいにいじめられてたわけではない。ただ、適当に生きていたら教室で居場所を失っていたのは確実だ。俺はコミュ力低い陰キャな性格をしている。

「俺もコミュ障な部類だろ？　周りの空気とかあんまり読めなかったから、陽キャとして生きるのは無理だった。だから勉強できるキャラとして、みんなに認識してもらってたんだ」

「乙井くんレベルでも？　乙井くん、カッコいいのに」

「バカ言ってんじゃねーよ」

笑ってしまう。

弦川は男子と接する機会が少なすぎてカッコいいのハードルが低すぎるんじゃないかと思う。

「俺の外見はパッとしないんだよ。しかも要領がいいほうじゃないから、学校で自分のポジションを作るの、けっこう苦労してて。ただ勉強できてれば、こいつはがり勉なんだってラベル貼ってくれるだろ？　プラスで歌が下手くそなおかげで、弱点もあったから人間扱いされて浮かないで済んだっていうおまけつき」

「乙井くんと私が、似てる……」

その言葉を弦川はかみしめるように反芻《はんすう》する。

「だからありがとう。もしかしたら初めてかもしれないよ。勉強抜きで、この場所にいていいって言ってもらえたの。俺も、もっと早く弦川に会いたかった」

弦川が目をかすかに見開き、頬を赤らめた。

——ああ、そうか。

この気持ち。

この気持ちが俺たちユニットの歌なんだ。

お互いがお互いにとっての大切な居場所で。

今までの人生では得られなかったポジションで。

だからもっと早く出会えていたら——。

「弦川」「乙井くん」

「「あ」」

同時に相手を呼んでしまい、俺たちは固まった。

「弦川、先にどうぞ」

「乙井くんこそ……たぶん、同じこと言おうとしてると思う」

「今から学校行こう。曲、作りたい」

「うん！」

＊

学校に着いたのは昼の三時くらいだった。

運動部の声やオーケストラ部の奏でる音色が響く中、俺と弦川は部室に向かった。

部室に着くと、俺はすぐにキーボードのセッティングを始めた。その間、弦川はノートに何やら書き込んでいた。

「歌詞……のイメージ」

俺の視線に気づいたのか、弦川が説明してくれる。

「見てもいいか？」

弦川が頷いたので、俺はノートを覗き込んだ。


一人ぼっち、終わりにしたい、残酷な世界、笑顔、出会い、幕切れ、ピリオド、ずっと待ってた、いじめ、焦がれる、消極的な自殺、消える、光――。

ネガティブな言葉とポジティブな言葉が支離滅裂に書き込まれていた。弦川の字は端正で、そのせいで意味をなさないポジとネガの違和感が凄まじく、見ていて眩暈《めまい》がしそうだった。前衛的な映画で、猟奇的なシーンでモーツァルトの軽快な音楽が流れているときみたいな落ち着かない感覚を覚える。

だが——自然と頭に和音が浮かんだ。

このめちゃくちゃで混乱した感情こそが弦川を形作っている。控えめで大人しく、あまり主張してこない弦川の心の中がいかに豊かであるか……それを示す言葉たちだ。

俺はおもむろにキーボードを弾き始めた。始まりの和音はEメジャーセブンス。大人っぽい響きで、俺が弾くと少し背伸びしているように感じる。でもそれでいい気がする。いま出せる全力を注ぐなら、それは紛れもなく背伸びだ。

左手で和音を弾き、右手で旋律を奏でる。この旋律が主旋律——歌のメロディになる。だがまだあまりにも不完全。それでも精一杯、歌になろうともがいている。

その旋律を弦川が聞き取り、ハミングで歌う。ときどき言葉が入り込む。言葉を受けて俺が旋律を変える。すると弦川がまたそれをコピーする……。

——何時間くらいやっていたのだろうか？

気づいたらすっかり日が暮れていた。外は静かになっていて、そろそろ戸締りのために先生が来てしまうかもしれないというころ。

俺たちはかなり大雑把にだが、新曲を頭から最後まで弾ききれるようになっていた。

メロディは粗削りだし、歌詞も拙い。けれど想いの強さはもう完成している。

あとはブラッシュアップしていけば曲になるはずだ。

「できたな」

「うん、できた！」

俺と弦川は思わず手を取り合っていた。喜びを分かち合う。まるで陽キャみたいなコミュニケーションだがそのくらい嬉しかった。

活路が見えた。

この曲なら、いける。

「お、乙井くん、あの……」

「ん？」

「手……」

「あ」

慌てて弦川の手をはなした。

「わ、悪い。ついテンション上がっちゃって」

ブンブン弦川は首を横に振った。問題ない、ということなんだろうが、顔は真っ赤だ。

その仕草を見て、俺は無意識に弦川の手の感触を思い出してしまう。やわらかい手だった。俺よりも小さくて、肌は滑らかで……。

男の俺とは全然違う手だった。

あー、そうだよな、弦川って女子なんだよな、と思う。最初からわかっていたはずなのに改めて意識してしまう。

俺はいま女子と二人きりで休日の部室にいる。しかも外は暗くなってきていてもうすぐ夜……。

俺は昼間、海辺で見た弦川の横顔を思い出す。

綺麗な顔だった。

――っておいおい何考えてるんだよ。

俺と弦川はユニットを組んでいる。いわば同志。男と女とか、そういう関係じゃない。

弦川は女子だから男子の俺が手なんか握ったらヤバい。顔を赤くされるくらいで済んでラッキーだ。運が悪ければ明日から変態扱いされてハブられる可能性だってあるんだ。

「あ、あ、あの……！　一つ、訊きたいんだけど……」

弦川が改まった調子で言う。

「うん？」

「乙井くんは、彼女とか、いるの？」

「いるわけないだろー」

笑ってしまう。陰キャな俺に彼女なんかできるはずない。つまり心は泣いていた。

「そ、そっか……」

なぜか弦川は嬉しそうな顔をした。意味がわからない。もしかしてバカにされてる？

泣いていいか？

「そ、それじゃあ……好きな……ううん、やっぱなし……！」

「好きな？」

「もう遅い。帰ろ」

そそくさと帰り支度を始める弦川。

なんだか様子がおかしい。俺の様子がおかしいから、そう見えるだけだろうか？

だけど……。

――最後の質問。恋人の有無を訊いて、「いない」と答えた流れだと、鉄板の質問は「じゃあ好きな人はいるの？」だ。

弦川もそれを訊きたかったんじゃないだろうか？

そんなことを訊いてどうする？　女の子だし、ちょっと恋バナがしたかった、とか？

なんとなくソワソワした気持ちのまま、俺は帰路についた。

＊

海に行った日は妙な空気になってしまったが、次の日からは平常運転で、俺と弦川は部室で新曲を煮詰めた。

そしてついに俺たち二人の最初の楽曲〝Kodoku〟ができた。

孤独と蠱毒《こどく》。二つの悪い言葉を組み合わせたアルファベット。

だけどそのKodokuな時を過ごしていたからこそ出会えた奇跡に感謝できる――。

そんな想いを込めた歌だ。

その勢いでユニット名も決めた。

〝ヒトリナハト〟

「二人とも、一人ぼっちだった」

と弦川が言ったから、〝独り〟を表す言葉を入れようと、すぐに決まった。

「独りが一番寂しいのってやっぱり夜、かな？」

そう俺が言ったから、〝夜〟を表す言葉も入れることになった。

あとは言葉の選択の問題で。ヨルハヒトリとか、ソロナイトとか、いろいろ出てきて……。

「外国語と日本語を混ぜたらカッコいいんじゃないか？」

と俺が言い、

「ヒトリナイト、とか？」

と弦川が返す。

「ナイトは夜って意味の night と騎士って knight がある。それを掛けるイメージ」

「俺たちのどの辺が騎士？」

「私は微妙だけど……乙井くんは騎士っぽい」

「⁇」

「乙井くんは私に光をくれた騎士」

俺に助けられたってこと、なのかな……？

「う〜ん、でもやっぱ俺らには明るすぎないかなぁ」

悩む俺に対して弦川が、

「——じゃあ、ヒトリナハト」

と言った。

「ナハトはドイツ語で〝夜〟」

「ヒトリナハト、か。夜だけの意味になると俺たちっぽい感じするし、いいんじゃないか？」

というわけで決定。

こうして弦川と俺のユニット〝ヒトリナハト〟は真の意味で始動した。

4

曲作りをしている間に、中間テストが終わった。

きちんと順位が出て、掲示板に順位も貼られる。

校門を入ってすぐのところに掲示板がある。人だかりをかき分けつつ、確認した。

一年生の一番上に俺の名前があった。

「おーとーい～～！」

掲示板に背を向け人だかりを脱出すると、俺を呼び止めるやつがいた。山下だ。半眼で俺を睨《にら》んでいる。

「学年トップ？　はぁ？　意味わかんないんだけど」

「いや勉強しただけなんだが……」

「後夜祭エントリー用の曲作ってたんじゃないの？」

「作ってたよ。並行して勉強もしてた」

「くうぅ、今回こそはウチが勝てると思ったのに～」

本気で悔しがっている秀才系ギャル。

そしてその後ろで真っ白な灰のようになっているやつがいた。

「つ、弦川……」

恐ろしくて順位を聞くことができない。

しかし弦川は自分から順位を口にした。

「二百七十八番だった……」

一年生は四十人×七クラスある。つまり学年の人数の基本は二百八十人。つまり下から三番目。ほかに二人いるのか、という感慨を覚えつつ、ほとんどビリみたいなものだ。

「乙井くんは私より曲作り、大変だったはず。なのに、なぜ……」

「まあ、勉強したから」

「これが、人間としてのスペックの、違い」

「なんだおまえら。一緒に勉強とかしなかったわけ？」

唯一元気な三沢に訊かれる。

「しなかったな。一緒にいるときはずっと音楽のことばっか話したり、演奏したりしてたし。家にいるときにリモートで繫がっても、音楽の話か、それか一緒にゲームするかだったし」

「へぇ～」

ニコニコしながら山下が弦川を見る。弦川はなぜか焦った様子でアワアワする。最近、この二人の間にはこういう謎なコミュニケーションが多い。仲がよさそうなので友達っぽい感じになれたのかもしれない。弦川が馴染んでいくのは大歓迎だ。

海に行ったときの弦川を思い出す。

——あんな寂しい笑顔、もうしないでほしいな。

「今度勉強教えてやれよ」

三沢が言うので俺は頷いた。

「まあ、そうするわ」

もしかしたら一緒に勉強すればコツを教えられるかもしれない。次のテストでは誘ってみよう。

*

デモテープはすでに生徒会に提出した。あとは天命を待つのみという状態。

俺と弦川は久しぶりにクラスの準備に参加した。最近根詰めて曲作りと練習をしてたせいで、クラスのほうには全然顔を出せてなかったのだ。

今日は衣装合わせだった。教室の真ん中にカーテンを引いて、男女で分けられ、着替えをする。といっても男側には女子の姿もあった。男子の衣装は学校指定の白の長袖ワイシャツと制服のズボンをベースにし、黒のチョッキを着てエプロンをつける形だったので、更衣室は必要ない。

衣装は家庭科部のクラスメイトたちが準備してくれた。

俺は三沢、作野と並んで、衣装合わせに参加した。家庭科部の女子たちに指示されるままに、制服の上から衣装を着ているると着せ替え人形になった気分になる。

「うわ、作野、チョッキがピッチピチだなー。もう一個上のサイズあったっけ？」

「ないなー」

「あえてピチピチにして、この筋肉美を見せつけるのがいいのでは？」

きゃっきゃっと楽しそうに女子たちが騒いでいる。

「おい、あんまり触るな……！」

作野が苦悶《くもん》の表情を浮かべる。分厚い胸板を触られてくすぐったいのだろう。

「まさかの作野大人気かよ。うらやま」

三沢が本気で羨ましそうに言うから俺は笑ってしまった。

「やっぱり筋肉は珍しいんだろうな」

「俺だってさー、カフェ男子って感じで、意外な一面を見せてない？」

「あんたはチャラさが増して余計うっとうしいよ」

カーテンの向こうから山下が現れてツッコミを入れる。

「それに、硬派な作野が意外と色気があるっていうギャップがいいんじゃん。それで言うと、乙井もいいね」

「え？　俺も？」

まさか自分が話題に上がるとは思わず、俺はうわずった声を上げた。

「うん。乙井は普段マジで見た目とか全然気にしてないけど、ちゃんとした格好したらそこそこ見れるっていうのが衣装を着せてわかった。これもギャップだね」

山下の言葉に周囲の女子たちが頷いている。

「そ、そうか……」

見た目を褒められるなんて経験、今まで全然なかったから、何と返していいかわからなかった。

「ギャップかー、俺にはギャップがないのか〜。くぅ、普段からイケメンな男は辛いぜ」

「いや、普段もチャラくてウザいじゃん」

「うおおお、なぜ俺だけ異様に評価が低いんだ!!」

山下の辛辣な意見に頭を抱える三沢。

クラスメイトたちが爆笑する。俺も笑った人間の一人だが、同時に、三沢は背もそこそこ高くて顔もいいし垢《あか》ぬけているからけっこうカッコいいんじゃないかなとも思う。ただ喋るとこれなのでどうしてもイケメン枠には入れないのだろう。

「それより男ども。ちょっとこっちおいで」

山下が言った。得意げな笑みを浮かべながら、カーテンのほうに手招きをしている。

俺たち男は雁首《がんくび》揃えて指示に従った。

「さあて皆さん。一Eの最推しの登場だよ」

もったいぶったセリフとともに、山下がさっとカーテンを開く。


そこには女子がひとり立っていた。

一瞬、その場の全員が息を呑んだ。


直後、大歓声。

「わー！　めっっっっちゃ可愛い‼」

「お人形さんみたい！　いや、お人形さんの百倍可愛いけど！」

女子たちは取り囲んで大騒ぎし、

「ちょっと待てよ、こんな美人、うちのクラスにいたのか？」

「すげぇタイプなんだけど……」

男子たちは彼女を惚れ惚れと眺めた。

それくらい、カーテンの向こうにいたその子は綺麗だった。

服装はカフェの店員らしいエプロンドレス。家庭科部のクラスメイトたちが作った傑作品。単に衣装が可愛いだけではない。なんといっても美貌と言ってよい素顔。鼻筋がすーっと通っていて、二重の瞼の目がとても可愛らしい。

「あ、あ……」

かすかに視線を斜め下に向けつつ、何か言いたそうにパクパクしている。衣装を着慣れていない初々しい感じが、さらに彼女の魅力を引き立てているように思う。

そんな彼女に対して俺は……

「弦川、なんだよな？」

「う、うん……！」

はにかみながら、彼女――弦川は微笑んだ。

その笑顔を見て、俺の心臓はぎゅっと縮こまった。

「弦川⁉　嘘だろ⁉」

「弦川さん、こんなに可愛かったんだ……！」

クラスメイトの中には弦川だとわからなかった人も多かったようだ。無理もない。

普段、弦川は髪をほとんどセットしておらず、前髪で顔が隠れがちだ。今は、おそらく山下たちが髪をセットしているためか、ヘアスタイルは洗練されていて、その顔がしっかり見えるようになっている。

そして弦川の素顔は綺麗なんだ。彼女は自分をブスだと言っていたけれど。

「か、可愛い？」

けれど態度はいつもの弦川で、俺とは目を合わせず、不安そうに訊いてくる。

「あ……まあ、そうだな」

「えへへ」

――そんなに嬉しそうな顔すんなよ。

俺は、弦川はもともと可愛いと思っていた。みんななんでわかんないんだよと不満だった。

だったら堂々と「可愛い」と言えばいいのに、言えなかった。素直になれなかった。

どうしてだろう？

「いやウチもびっくりしたよ。もともと瑠歌っち、素材はいいんじゃないかと思ってたけど、まさかここまでとは……」

山下が肘で弦川をつつくと、弦川は恥ずかしそうに縮こまった。

山下の言う通り、クラスメイトは全員、弦川に注目していた。作業をしていた人も全員、手を止めて、弦川のことを話している。

今日の主役は弦川だった。

そしてきっと、文化祭の主役も彼女になる。

「……」

俺だけが黙っていた。

今日、クラスメイトたちは弦川の可愛さを知った。そして文化祭で人類が知ることとなる。

俺は弦川のすごさを、魅力をみんなに知らせたいと思っていたのに——どうして胸の中がモヤモヤするんだろう？

「おや、乙井、浮かない顔だね？　もしかして拗《す》ねてる？」

「は？　拗ねる？」

「そうだよねー。今までずーっと瑠歌っち独り占めしてたもんね？　一人だけ瑠歌っちの可愛さを知ってて。でも今日からはみんなの瑠歌っちになっちゃったもんね？」

「な……そんなんじゃ……！」

山下に指摘されてすぐに否定する。

だけど——もしかしたら山下の言う通りかもしれなかった。

俺は寂しかったのかもしれない。

弦川の美しさを俺だけが知っていた。それがみんなに知られて……遠くに行ってしまうような気がして。

「……！　私、乙井くんとユニット、やるよ！　独り占めしてて、大丈夫！」

弦川が焦ったように言うと、

「瑠歌っち、それじゃプロポーズしてるのと同じだよ？」

山下がそんなことを言ったので、弦川はボン、と爆発したように顔を赤くした。

「ち、ちが……！」

「わ～赤くなってる！　もうっ、瑠歌っちは可愛いなぁ！」

山下が弦川に抱き着いて頭を撫《な》でる。

そんな二人を見て、自分の小ささを思う。

――一人ぼっちだった弦川がクラスに溶け込めたんだ。喜べよ、俺。それに弦川は俺のそばを離れるわけじゃないんだから。

子供っぽいヤキモチを焼く暇があったら、ユニットを少しでも良いものにできるように頑張るべきだ。

「弦川、めっちゃ可愛いな。うんうん、その調子！　こりゃ、めっちゃ儲かるぞ！　うちのクラスレベル高くて助かるわ～！」

三沢が大喜びしていると、

「あんたさー。女子をそーゆー目で見るのやめな、キモいよ」

山下がゴミを見るような目で三沢を見る。

「おいおい、褒めてんだからいいだろー」

「品がないって言ってるの」

「わ、私が、レベル下げてるかもしれないから、ゴメン……！」

「瑠歌っちは超可愛いから気にしないでいいの」

山下が弦川の背中をポンと叩く。

賑やかなクラスだなと思う。その輪の中にしっかり弦川が入っている。

——弦川。おまえもう、あんな風に笑わなくていいんだぞ。

俺はそう思っていた。

はずなのに……。

翌日、弦川が学校からいなくなった。

5

初日は誰も気にしなかった。風邪でも引いたのかな、くらいの雰囲気で、「あー弦川いないのかー」くらいのテンション。俺も、曲作りしたりテストがあったりで少し疲れが出たのかなと思い、メッセージを送るだけにした。既読はつかなかったけれど、具合が悪くて見れないのかもしれないと、さして気にしなかった。

でも翌日も、その次の日も、弦川は学校に現れなかった。

「瑠歌っち、今日も休みかぁ。乙井、なんか聞いてないの？」

休み時間に、山下が心配げな様子で訊いてきた。

「メッセージは送ったけどレスがない。既読もつかない」

「そっかぁ」

「これだけ長期に休むと、プリントも溜《た》まってしまうな」

委員長の作野も弦川の机を見ながら気遣った。

アナログな先生も多いから、資料と称して紙のプリントがいろんな授業で配られる。それらが弦川の机からはみ出しそうになっていた。

俺はそれらを引っ張り出した。

「——俺、今日、弦川の家に行ってみるわ」

心配だった。もともと一人で過ごすことが多いタイプだろうから、突然、人の群れに放り込まれて辛くなってしまったのかもしれない。

とにかく一回顔を合わせて話をしてみたほうがいいと思った。

*

俺は、南口のロータリーで空を仰いだ。

さっきまでの晴天が嘘のように一瞬で雲が空を覆い、太陽を隠してしまった。

駅前は綺麗に整備されている。街並みはお洒落《しゃれ》なのに、曇っているせいでなんだか不気味な感じがする。

お金がない弦川のためにギターの教本をアマゾンで買って送ってあげたことがあったので、弦川の家の住所は知っていた。スマホで地図アプリを開き、住所を入力して道をたどっていく。

弦川の家は上品な雰囲気の一戸建てだった。

扉の前に立ち、俺は深呼吸した。

女子の家を訪ねるのなんて初めてで、少し緊張する。

――突っ立っていても仕方ないな。

俺は思い切って呼び鈴のボタンを押した。

「……」

反応はない。留守なのだろうか？　両親や妹がいないのは、仕事とか塾とかいろいろ理由が思いつくが、弦川がいないのは不思議だ。弦川は学校を休んで出かけるタイプには見えない。

病院に行ってるとか？　それとも、体調が悪すぎて寝込んでるとか……。

一応、俺は電話をしてみることにした。

ここまで来たから弦川の様子を見ておきたい。

ラインで弦川に発信する。と、家の中からピコピコと聞きなれた音がした。音の感じからして玄関扉のすぐ向こう。

直後、
バーン！

という乾いた音が中から聞こえた。

「なんだ……？」

音の雰囲気からして、硬いものが床に叩きつけられた感じがする。もしかして、着信音にビックリした弦川がスマホを落としたとか？　いや、そんなベタなリアクションって今どきあるのか？　……弦川ならありうるか。

しかし、インターフォンの音に反応して玄関の前まで来たのだとしたら、どうして出てこないんだ？

再びラインを――今度はメッセージを送ってみる。

奏太［弦川、いるのか？］

既読だけついて返信がない。

奏太［家にいるんだろ……休んでた間のプリント持ってきたから、体調に問題がないなら顔だけでも見せてくれないか？］

やはり既読だけがつく。

突然、家に来るなんてよくなかったか？　女子だから、俺みたいなやつ相手でも身だしなみを気にするかもしれないし……でもラインしても全然連絡取れなかったからとりあえず突撃するしかなかったんだよなぁ。

俺が悶々悩んでいると、

着信　弦川瑠歌

弦川からライン通話が来た。

頑《かたく》なに顔は見せないことに違和感を覚えつつ、でも話をする気はあるみたいなのでとりあえず出てみる。

「もしもし、弦川？」

《もし……もし、弦川、です……》

耳元で弦川の声が聞こえた。

いつも通りの綺麗な声で、鼻声でもガラガラにかすれた声でもない。風邪が酷いとかではなさそうだ。
「突然押しかけて悪いな。とりあえずプリント、どうしよっか？　ポストに入れておけばいい？」
《……えっと……》
弦川はすぐ口ごもってしまった。言葉を探している。俺は辛抱強く待った。
《もう……プリント、必要ない》
「ん？　もしかして誰か別のやつからもらった？」
最近だと紙のプリントをＰＤＦなどのデータに変えて整理している生徒もいる。誰かが弦川にデータを送っていたのかもしれない。それか担任の安永先生が気を回してすでにプリントのコピーを郵送しているとか。
《ち、違う。プリント、もらってないけど、いらなくなった……》
意味がわからない。
「どういうことだ？」
《……》
帰ってきたのは沈黙。
ためらっているのが電話口からもわかった。何かよくないことを言おうとして、でも言えないでいる。
俺は怖くて先を促せなかった。
《……私、転校することに、なった》
「……親の仕事の関係か？」
やっとのことで、それだけ尋ねる。
《うん……》
――可能性はあったんだ。
弦川の家は親の仕事の都合で引っ越しを繰り返してきた。
《パパがオーストリアに転勤することになった》
ヨーロッパ……日本ですらないってのかよ。
《……今回は長くなるんだって。短ければ、一人で行ってもらうこともできたんだけど……》
淡々と事実を話し続ける。
《家族がバラバラになるのはよくないから、ママと妹と私もついていくことになった。私と妹は現地の日本人学校に転校して、それから語学学校にも通って、向こうの大学を目指して勉強するのがいいんじゃないかってパパとママは言ってる》

弦川家全体にとって、かなり大きな決断をしたのだと思う。俺みたいな他人が口を挟めるものじゃない。

それでも……俺は事実を認めたくなかった。

せっかくユニットがいい感じになってきたのに。やっと弦川がクラスに馴染んできたところだったのに。

「頑張ってチョウ高に入ったのに転校するなんてもったいないじゃないか？　高校生にもなって親の事情で転校なんて……」

苦し紛れの抵抗。

《……私、学校の勉強についていけない。一回リセットするのがいいんじゃないかって、言われた》

「それは……」

言葉が浮かばなかった。

海外で学べるってことだけで弦川の人生にとって大きなアドバンテージになる。真面目な彼女のことだ、オーストリアに行って向こうで才能を開花させる可能性もあるだろう。

家族と離れないため。

弦川自身の未来のため。

そして今の問題から逃れるため――。

圧倒的な説得力。

それはそうだけど……でもずっと気にかかっていることがあった。

さっきから弦川は「なった」とか「言われた」という言葉を使っていた。そこに弦川の気持ちは入っていない。

「事情はわかったよ。でも弦川はどう思ってるんだよ」

《私……？》

「ああ。親の仕事の関係で、家族みんなで海外に引っ越さなきゃいけなくなったってのはわかった。でも、弦川はそれでいいのかよ！」

《私は……えっと……》

弦川は言葉を詰まらせた。

いいわけない。そうだろ、弦川？

行かないって言ってくれよ。

「よく聞いてくれ」

俺はさらに訴えかける。

「俺たちは最高の曲を作った。あの曲を歌う前にいなくなっていいのか？　学校をやめるってことは——やめるってわかった瞬間から学校に来なかったたってことは、ユニットも……ヒトリナハトもやめるつもりなのか？」

返事はなかった。

本当にやめるってことなのか？

それが本心なのかよ……！

《——パパとママが言ってた。私に一人暮らしは無理だって》

ぽつりと小さな言葉が返ってきた。

にべもない回答。現実的な理由だ。

俺は何も考えていなかった。

家族全部が海外に行くのは決定事項。ということは、もし転校しない場合、弦川は一人ぼっちで日本に残される。

高校生の一人暮らし……。

そもそも経済的に可能なのかもわからない。仮に可能だったとして、未成年の女子の一人暮らしだ。おまけに弦川は友達も少ない。

そんな状態で両親が一人彼女を日本に残すわけがない。

ただ、やはり引っかかった。

——パパとママが言ってた？

この言い方。

ここにも弦川の気持ちは入っていない。

「もう一回訊くぞ。弦川はどう思ってるんだよ。親が一人暮らしは無理だって言ったとして、自分でもそう思ってるのか？　いや、その前に、そもそも弦川は海外に行きたいのか？　それとも日本に残りたいのか？」

《それは……》

弦川は口ごもってしまう。

「ユニット、やめていいのか？　本当に？　もっと早く出会えたらよかったたって言ってくれたじゃないか。これから出会えなかった時間の埋め合わせをしようって……あの約束はどうなるんだよ」

俺、自分勝手だよな。わかってる。でも抑えられないんだ。

だって弦川はまだ自分の想いを俺にぶつけてくれてない。

親が言ったから。

家族が海外に行くから。

そんな弦川の周りの事情ばかり伝えられても俺は納得できない。

俺が聴きたいのはただ一つ――。

君が、どう思ってるかなんだ。

だから俺は説得を続ける。たとえ自己中だったとしても。

俺は弦川と一緒にユニットを続けたいから。

「クラスのみんなだって弦川を待ってる。山下が一緒に店番したいって言ってたぞ？三沢が弦川の歌をお客さんたちに聞かせるのが楽しみだって言ってたぞ？　作野は、もし俺が弦川を連れ戻せなかったら代わりに来そうなくらいだ。それに岩波先輩は……」

俺は一拍置く。

「岩波先輩はきっとこう言う。『もったいない』って。それだけ歌えるのに、音楽を諦めるなんてもったいないって、絶対に言う。俺だってそう思う。俺は弦川の歌をたくさんの人に届けたい。こんなところで引きこもってる場合じゃないんだ。世界中の人々が弦川の歌を聴く権利がある。それを君自身が奪わないでくれ！」

俺はそこまでで言葉を止めた。

言いたいことは言った。次は弦川のターン。

想いを返してくれ、頼む……！

《…………》

弦川はたっぷり沈黙を保った。考え込んでいたのかもしれないし、返答に迷っていたのかもしれない。

《乙井くんは……》

扉の向こうから、か細い声が聞こえた。

《乙井くんは……どうしてそんなに私にこだわってくれるの》

初めて弦川の胸の内を聞いたような気がした。

「こだわるさ、そりゃ」

《それは……歌がうまいから？》

「ああ」

《――歌がうまい人なんて、たくさんいる。岩波先輩とか》

「俺は弦川の歌が一番好きだ」

《そう言ってくれるのは嬉しい。でも……これから、もっとすごい人に、出会えるかもしれない》

弦川はどうやら、俺を説得しようとしているらしい。

本当にユニットをやめたいのだろうか。

不安になる。自信がなくなる。

だけど、俺は自分を奮い立たせる。

きっと、本当はやめたくないんだ。

俺が弦川を求めてるのもたぶん嫌なわけじゃない。

俺を諦めさせようとしている。

やめる理由を探しているんだ。

――そんなもの、絶対、見つけさせない。

「俺が弦川と一緒に音楽をしたいのは、弦川の歌がうまいからってのもある。だけどそれだけじゃない。弦川が弦川だから、俺は一緒に音楽をやりたい」

《理由になってない》

「ああ。これは理屈じゃない。だけど……あの日――初めて弦川の歌を聴いたあの日、俺は心底好きになっちゃったんだよ。弦川瑠歌っていう歌い手のことを」

扉に隔てられているから、弦川の顔が見えない。

君はいま、どんな顔をしているんだ？　喜んでいるのか？　引いているのか？　くそっ。うまく言葉にならない。

でもこれが俺の本心。

弦川、君の本心を聴かせてくれ。

「弦川。本当にユニット、やめたいのか？　本当にやめたいなら俺は止めない。君の人生なんだから好きにすればいい。だけど、もしユニットをやりたいと思っていて、でも両親に意見を言えなくてやめようとしてるなら……やめるなんて言わないでくれ！」

《私は……》

弦川の震える声が、聞こえた。

俺は耳を澄ます。

一言一句、聴き逃さないために。

さあ、聴かせてくれ。

君の声を。

君の、想いを――。

《――――ごめん》

――ピコン、という情けない音と一緒に通話が切れた。

同時に扉の向こうから気配が消える。

それが……弦川の答え。

明確な、拒絶。

「弦川！」

俺は扉に近づいて叫ぶ。返答はない。

「弦川ってば!!」

そんな……。

心の片隅で思っていた。

どんな事情があっても弦川はヒトリナハトを選んでくれるって。

でも違った。

考えてみれば当たり前だ。

出会って数か月の男の言葉なんかよりずっと一緒にいた家族の言葉のほうが重いに決まっている。

選ばれると思っていたのは単なる自惚《うぬぼ》れで、現実はこの通りだ。

それでも……。

「嘘だ……」

一歩後ずさり、立ち尽くす。

「嘘だ……‼」

弦川からの拒絶を受け入れられず、俺はただその場に立っていることしかできない。

俺の体が玄関前のひさしの下から出たのをまるで見計らったかのように、ポツポツと空から雨粒が落ちてくる。

やがて本降りになった雨が俺を容赦なく打っても、俺はしばらくの間その場を動けなかった。

＊

ずぶ濡れのまま電車に乗り、家に帰った。家に着いてから弦川のプリント類を持って帰ってきてしまったことに気づいたが、もうこんなものどうでもいいだろう。

風呂に入って夕食をとると、俺は早々に部屋に引きこもった。俺は明らかに元気がなかったようで、親父もお袋も心配そうだったが今日の件を誰にも話す気にはなれなかった。

学習机の椅子に座り、背もたれに体を預けながらぼんやりと天井を見上げる。

――別に大したことじゃない。また一人に戻っただけ。音楽を始めたときと同じ。

今まではプラスだったかもしれないけどゼロになっただけ。

大したことないんだ。

ないはずなのに……どうして……。

涙が出てくるんだよ。

弦川なんて俺の人生に突然現れた外れ値みたいな存在で、俺とは比べ物にならない才能を持ってるやつで、日本国内なんてちっぽけなフィールドにいるべき存在ではなくて、世界に羽ばたける可能性があるなら笑顔で見送ってあげなきゃいけない存在のはずだ。

別れは寂しいけど、でも弦川にとっても悪い話じゃない。

そして俺にとっては大したダメージのない話。

そのはずなのに、体は震え、俺は嗚咽《おえつ》を漏らしていた。

ヘッドホンをして、キーボードの電源を入れる。めちゃくちゃに弾き始める。だけど旋律はなぜか一つのモチーフに収束していく。

〝Kodoku〟の旋律に。

孤独という言葉を冠しながらまったく今の俺とは違う心情を歌うその歌を、俺は奏でる。

Kodokuは蠱毒のように孤独をどす黒く育んでしまった二人が出会う歌。一種の解放の言葉だ。

でも俺はいま孤独のドツボにはまっている。底なし沼のようにまとわりついて俺をはなさず、奈落の底まで引きずりおろそうとしてくる。

それなのに俺の指は〝Kodoku〟の旋律を奏でるのをやめない。あまりにも諦めの悪いその指が、俺の心のすべてを物語っていた。

行かないでくれ、弦川。

俺を一人にしないでくれ……！

自分の中で弦川がこれほどまでに大きな存在になっていたことに驚く。気づいたって遅いのに。

弦川は去る。

俺はまた一人になる——。

6

「乙井～おはよ……って、おい、大丈夫か？」

朝教室に入ってきた俺を見て三沢はずいぶん驚いた様子だった。無理もないと思う。昨晩泣いたせいで目は充血しきっていて、寝れてないから目の下にはくっきりとクマが浮いている。

「昨日あんまり寝てないんだ」

俺はそれだけ答えて自分の席に座った。

「……」

三沢は何か言いたそうな顔をしていたけれど、結局何も言わなかった。俺が昨日、弦川の家に行ったのは三沢も知っている。そのとき何かあったんだと三沢も思っただろう。それでも三沢は深く尋ねてはこない。俺が説明しなかった以上、訊く必要はないと判断してくれたのだと思う。こういう小さな気遣いが、今は本当にありがたい。

一晩では弦川の転校を自分の中で消化しきれていなかったから、今その話をしたら醜態をさらしそうだった。

すぐに担任の安永先生が入ってきて、朝のホームルームが始まった。弦川の席は空席のまま。転校まで一回も顔を出さないつもりなのだろうか。せめてクラスメイトたちにお別れの挨拶くらいすればいいのに、と思いつつ、弦川が決めたことに俺が口を出す権利なんてないのだと思いなおす。

そう思いながら、俺がショックを受けている理由の一つとして、何の相談もなしに弦川が転校を決めてしまったことがあるんだと、今になって気づいた。

——俺たち、ユニットなんだよな？　だったら一言くらい相談してくれたらよかったのに……。

仮に弦川の転校が決定事項で動かせないとしても、相談されたうえで決めてくれたのなら、ここまでショックは受けなかったんじゃないかと思ったりした。

＊

ホームルームが終わったタイミングでポケットの中でスマホが振動した。

弦川からのメッセージだった。

俺は画面を見たまましばらく固まってしまう。

「ごめん」というあの〝拒絶〟の言葉が脳裏をよぎる。玄関の向こうから気配が消えたときの喪失感。玄関扉という壁がものすごく分厚く見えて、弦川が遠くへと去っていってしまったと感じた。

今度はどんな〝拒絶〟の言葉を投げられるのだろう。怖くなった。

それでも……メッセージを開けないではいられなかった。


瑠歌［一限目の時間、屋上に来てほしい。話がある］

授業中に来いってことか？　しかも一限。あと二、三分で始まってしまう。

——と悩んでいたのは一瞬で俺はすぐに立ち上がった。

「作野、具合悪いから帰るわ」

と委員長の作野に声をかける。

「見るからに具合悪そうだな。先生には伝えておく」

作野は特に不審がる様子なく答えた。

三沢がちょっと心配そうに俺のほうを見ているので、俺は頷いて大丈夫だと伝えつつ、急いで帰り支度をして教室を出た。

屋上に行くと、ばっちり制服を着た弦川が立っていた。

「なんでカバン？」

開口一番、弦川は訊いてきた。

「早退してきた。授業サボるのはヤバいかなと思って」

「乙井くん、真面目だ」

「うっせえ。弦川が一限に来いって言うからいけないんだろ」

俺がそう言うと弦川は途端に申し訳なさそうな顔をした。

「……けっこう休んじゃったから、教室に行きづらかった」

そんな気にすることじゃないのに。弦川らしいなとも思う。

「で、話ってなんだ？」

つとめて素っ気なく切り出した。

転校すると突然言われて、自動的にユニットは解散――この事実を俺はまだ受け入れらずにいた。

いったい、何を言われるんだろう？

謝罪されるのか。

あるいは細かい説明が来るのか。たとえば、いつごろ日本を発つのか具体的に教えてくれる、とか……。

それとも昨日よりもずっと丁寧な〝さよなら〟を言われるのか。

どれも俺は聞きたくなかった。

もういなくなってしまう弦川。本当は顔を見るのだって辛い。

「昨日……乙井くんに言われて、考えてみた。私がどうしたいのか」

予想外の言葉に、心がざわつく。

「私……」

弦川は一回言葉を詰まらせ、深呼吸した。

そしてかみしめるように言った。

「私、乙井くんとヒトリナハト、続けたい」

「弦川……!」

胸の奥がぐっと熱くなった。

弦川がしたいこと。それが「ヒトリナハトを続けること」だったという事実。

夢かと思った。昨日の絶望から一気に希望に心が染められていく。

感情が追いついてこない。

「じゃあ転校はなしになったのか？」

「――そんな簡単にはいかなかった」

「……」

「でも家族と、いっぱい、話し合った」

弦川は視線をグラウンドのほうに向けた。体育の授業を受ける生徒たちがサッカーをしている。

「パパもママも、私はオーストリアに来るべきだって言ってた」

「……」

「もし日本に私一人で残った場合、親戚も頼れる人も近くにいないし、本当に一人だけで頑張らなきゃいけなくなる。そんな状態で私が一人でやっていけるとは……とても思えないって」

弦川は淡々とした言い方をしていたけれど、言われたときはきっと悔しかったんじゃないだろうか。

「それから……私は学校で浮いてるんだから転校したほうがいいとも言ってた」

「そんな……！」

「成績も悪い。友達も少ない……一人暮らしをするなら家事だってやらないといけない。そんなことをしながら、ただですらついていけていない勉強を続けられるのか。もし留年なんてことになったら目も当てられないって」

正論につぐ正論だ。

「それから――」

「まだあるのか」

「うん。うちはパパもママもすごく理屈っぽくて話が長い」

説得するのはかなり難しい相手のようだ。

「それから調部高校以外でだって音楽はできるはずだって言われた」

それは本質を突いた言葉だった。

そうだ。

俺以外とだって、弦川は音楽をやれる。

「本当に歌がうまいのなら、オーストリアでも音楽をやればいい。むしろオーストリアで音楽をやったほうがいろいろな刺激を得られる。クラシックだったら本場だから」

もし弦川が真剣に音楽に打ち込みたいなら、チョウ高じゃなくてオーストリアで再起をはかったほうがいいのかもしれない。

俺と一緒じゃないほうがいいのかもしれない。

「そっか、じゃあやっぱり……」

俺が沈んだ声を出すと、弦川は慌てたように、

「だいじょぶ、まだ転校、決まったわけじゃない！　私、ちゃんと言った。乙井くんじゃなきゃダメって」

と付け加えた。そして力強く言い切った。

「私は乙井くんと音楽をやりたい。ほかの人じゃダメ。だからチョウ高に残りたい。ちゃんと、そう言った」

「弦川……」

「それで、ね。このままだと話が平行線になるって思ったから、私、提案した。チャンスがほしいって。覚悟を見せる、チャンス。私たちは、後夜祭に出る。そこで優勝したら日本に残るのを認めてほしいって言った」

優勝⁉

「え、えっと……」

「パパとママもチョウ高出身。昔から後夜祭のステージはあって、あそこで優勝できるのは本当にすごいことだって、二人ともわかってる」

弦川は俺の戸惑いの声を、弦川の両親が弦川の話をすぐ理解したことに対するものだと思ったようだ。それはそれで不思議だったが、実際のところ俺は、後夜祭での優勝を条件として出した弦川に驚いていた。

「もしヒトリナハトが優勝できたら……私にとって乙井くんが必要不可欠だって認めてって言った。そしたら二人とも、そこまでできたなら……って感じでOKしてくれた」

両親は頷いたのか。

後夜祭……出るだけでも大変な場所だ。

そんな場所で優勝なんて……。

「大丈夫だよ。私たちなら絶対、優勝できる」

不安げな俺に向かって弦川は言い放った。

わずかに、口元に笑みを浮かべながら。

涼やかな秋の風が、弦川の髪をふわりと撫でた。

俺はそんな弦川に一瞬、視線を奪われる。

瞳には明確な意志が宿っていた。

絶対に勝つという意志。

圧倒的な自信。
それが俺への信頼であると、今はわかっている。
ああ、まったく。
俺は反省した。
どうしてこう、俺は自分に自信がないんだ。自分一人で背負おうとしてしまうんだ。
俺は一人じゃない。弦川がいつも一緒にいてくれる。
そして弦川は俺を信頼してくれている。
応えなければ。
俺たちはユニット──二人で一つ。
弦川の意志は俺の意志だ。
そして──優勝できれば、ヒトリナハトをこれからも続けられるんだから。
「わかったよ、弦川。絶対、優勝しよう！」
「うん！」

＊

「よし。じゃあそろそろ教室に戻るか」

一限が終わるころを見計らって俺は弦川に言った。

「え、あ、えっと……」

弦川が焦り出した。

「何ビビってるんだよ。みんな弦川が学校来なくて心配してたぞ？」

「ほ、ほんとに？」

「ホントだって。親は弦川が学校で浮いてるって思ってるかもだけど、もう大丈夫なんだよ」

「そ、そうか、な……？」

「疑うならとりあえず教室まで来いよ」

俺は弦川の手を摑んで引っ張っていった。

ちょうどチャイムが鳴り、一限が終わる。

俺は休み時間の教室に弦川を引き連れて入った。

「乙井、早退したんじゃないのか？」

いち早く俺に気づいた三沢が訊いてくる。

「帰る途中で弦川に会ったから連れてきた。なんかしばらく休んだせいで来づらくなってたらしい」

「そんなー、気にすることないのに〜。瑠歌っちって繊細だね」

さっそく山下が弦川の頭を撫でまわしていた。髪がくしゃくしゃになっていたが、弦川はなんだか嬉しそうだった。

——自信を持とう。

弦川は俺たち一年E組のメンバーだ。

そしてヒトリナハトには弦川が必要なんだ。

俺は弦川と一緒に音楽をしたいんだよ。

7

放課後になると、その自信も少ししぼんでいた。

「後夜祭で優勝すればＯＫって言ったって……そもそも後夜祭に受かってるかすらわからないんだよな」

そう、後夜祭の出演枠には限りがあり、今回もデモテープによる審査がある。そこをパスできなかったらその時点で試合終了だ。

「大丈夫」

けれど隣を歩く弦川の表情は明るかった。

「乙井くんと一緒に作った曲だから、絶対出れる」

そこまで俺を買ってくれてるのは嬉しいけどさ……現実って意外と非情だったりするんだよなぁ。

俺と弦川は二人で一緒に廊下を歩いていた。向かう先は校門前の掲示板。後夜祭の審査結果が出る予定だったので、見にいくことにしたのだ。

弦川が復帰したのは嬉しかったし、転校が保留になったのもよかったが、少し時間が経って冷静になると、課せられたハードルが激高だと気づく。

そもそも、後夜祭にエントリーできるのかどうかすら怪しかった俺たちだ。それが優勝なんて……。

「それに。岩波先輩も、いる」

岩波先輩の名前を出された俺は、たぶん苦虫をかみつぶしたような顔をした気がする。

「うわあ、嫌味言われそう」

岩波先輩に泣キツいたら何て言われるだろう。散々皮肉っぽくからかわれそうで憂鬱だ。

ふふっと弦川は笑う。

「でもきっと協力してくれる」

岩波先輩は厳しいところもあるがなんだかんだで優しい。どうして俺たちにそんなに入れ込んでくれるのかは不明だけど。

弦川と二人で掲示板の前に立つ。

〝ヒトリナハト〟という文字が目に飛び込んできた。一発でわかった。いくつかある名前の中で俺たちだけが浮き上がって見えた。

「弦川！　あったぞ！　俺たちの名前！」

弦川のほうを向き、思わず肩を抱きそうになる。だが弦川は女子なのでさすがにそれはマズい、と理性が抑える。

抑えつつ、弦川の横顔を見る。

「弦川……？」

弦川は掲示板を見つめたまま固まっていた。

「おい、弦川、俺たちの名前、あったぞ？　もっと喜べよ」

それとも嬉しすぎて固まってしまったか？　強烈すぎる感情は逆に人の動きを鈍くさせたりするのかもしれない。

「岩波先輩……」

「ん？　先輩がどうした？」

震える手で弦川は掲示板を指さした。

その指の先にあった文字。

岩波絵美里。

岩波先輩が、後夜祭に出る……？

なぜ？

だって岩波先輩は出ないって言っていたじゃないか。

「奏太、瑠歌」

俺と弦川は同時に振り返った。

岩波先輩が、いた。

いつもの凛《りん》としたたたずまい。地に足をつけていることに絶対の自信を持っているかのような態度。

俺たちにとっては今一番信頼できる先輩で——。

けれど、その彼女が、今は何か思いつめたような、追い詰められたような顔をしていた。

どうしてそんな顔で俺たちのことを見るんだ？

嫌な予感がする。

胸の奥がざわざわと騒いでいる。

「奏太、瑠歌。私、負けないから」

岩波先輩は言った。有無を言わさない口調だった。

「私は後夜祭で一位を取る」

それは明白な宣戦布告だった。

コンテストに出る以上、先輩はライバルだ。
だけど――敵ではないはずだ。
あくまでともに競い合う人であり、明確な敵対者ではないはず。
それなのに、今の先輩は明らかに俺たちを敵視していた。
先輩は俺たちに背を向けた。言葉は先ほどのものだけ。
単刀直入で簡潔明瞭で、それゆえ冷たい。
――勝てるのか？
俺は自問してしまう。
岩波先輩に初心者二人のユニットで勝てるのだろうか、と。

＃５　それぞれのノクターン

1

俺と弦川は掲示板の前からそのまま部室に行ったが、もちろん岩波先輩はいなかった。いくら待っても来ないと、俺も弦川もわかっている。

「岩波先輩……どうしてだろう」

俺は思わず疑問を口に出してしまう。弦川がそれに反応してフルフルと首を横に振った。

わかんないよな、弦川にだって。いくらなんでも今までと態度が違いすぎる。

俺はあのあとスマホでメッセージを先輩に送ったが、既読すらつかない。説明する気はないようだ。

俺たちにわかっているのは二つだけ。

岩波先輩がエントリーしたこと。そして優勝を目指していること……。

つまり、岩波先輩に勝たないと弦川は転校しなければいけない。

「私の歌で……岩波先輩に……勝てるのかな……」

弦川は弱気になっていた。

「勝てるさ」

俺は素直に言う。

「岩波先輩の音楽レベルは俺たちの比じゃない。演奏力も、歌唱力も、作曲力も、段違いだと思う」

「じゃあ……」

「だけど、歌の魅力だけは弦川には敵《かな》わない。少なくとも俺はそう思ってる。人を比べるのは好きじゃないが、もし弦川の歌と岩波先輩の歌、どっちが好きかって聞かれたら、俺は弦川の歌のほうが好きだって即答する」

俺がそう言うと、弦川は嬉しそうな顔をした。

そうそう、その顔。自信持ってくれよ、頼むから。

「歌は技術だけじゃない。なんていうのかな……弦川の歌にはカリスマがある。人の心を引きつけるカリスマが。岩波先輩はどちらかというとオールラウンダータイプ」

話しながら、先ほどまでの絶望的な気分が晴れていくのがわかった。

音楽の知識も演奏力も曲を作る力もステージでの場数も、何もかも岩波先輩に勝てない俺たちだけど、ヴォーカルのカリスマ性だけはきっと勝てる。

すべてのパラメータが強力なオールラウンダーVS一点突破のピーキーキャラ。

一撃刺すだけだったら、試合になるかもしれない。

そしておそらく、弦川の才能を誰よりも信じて伸ばせるのは俺だ。演奏技術も作曲能力もからっきしだが、弦川の才能への信頼と理解に関しては誰にも負けない自信がある。

「やれるよ、俺たちなら。俺と、弦川なら」

「うん……！」

力強く頷く弦川。

——岩波先輩がなぜ突然後夜祭に出ようと思ったのか。理由はわからない。お世話になった先輩だし、知りたいとは思う。

けれど勝負のうえでは動機なんて関係ない。

俺たちはただ勝つだけ。

そしてこれからも二人でヒトリナハトを続けるんだ。

——勝つためには戦略がいる。

それは、俺たち二人のユニットの性質からおのずと決まった。

弦川をスターにする。

そのための戦いは、後夜祭の前から始まっているはずだ。

*

次の日からさっそく、俺は作戦行動を開始した。

朝、ホームルーム前の時間に俺は弦川に作戦を説明するべく話しかけた。弦川も最近ではクラスで俺が絡んでも難色を示さなくなった。

「後夜祭の勝敗は、後夜祭の参加者の人気投票だ。だから俺たちのファンに来てもらうのが一番早い。というわけでファンを増やすために活動しよう」

「ずるく……ない……？」

弦川は事前に人気を獲得するのではなくステージ一発勝負のほうがフェアだと考えたようだ。

「正当なやり方だ」

俺はチラシの何枚かを机の上に出す。

チラシにはオーケストラ部、合唱部、プロレス同好会、それから岩波先輩の宣伝がそれぞれ書かれていた。いずれも後夜祭に出演するグループだ。

「出演者たちはみんな学校中で宣伝して回っている。応援してくれって」

「選挙みたい」

「システムは同じだからな。投票権を持っているのは後夜祭に観客として参加できるチョウ高の生徒と先生方。もちろん最終的には演奏の出来が結果を左右する。だけど、出演するって認識しててもらわないと……そもそもステージをちゃんと見てさえくれないだろ」

みんな忙しいし、文化祭のあとの催しだから疲れているはずだ。楽しみだから見ようと思ってもらわなければいけない。戦いは後夜祭の前から始まっているのだ。

「でも、私たちにファンなんて、いるのかな……」

「これから作るんだ。昼休みに山下のところに行くぞ」

「？？？」

弦川は頭にはてなマークを浮かべていた。

「昼休みになればわかる」

というわけで昼休み。

俺は弦川を連れて山下の机に向かった。

山下はギャル友たちと弁当を広げてワイワイしていた。陰キャとしては飛び込んでいくのが怖いのか、弦川は震えながら俺のシャツの裾を握っている。

「だ、だだだ大丈夫かな？」

「大丈夫だろ。山下と弦川はもう友達なんだから」

「え？　え？」

「誰と誰が友達だって？」

「山下と弦川」

「今更何を……？　乙井、瑠歌っちを取られるのが嫌になった？」

「いや弦川が山下と友達なのか不安がってたから。話しかけてもいいのかなとか」

「瑠歌っち～！」

山下は弦川の両のほっぺたを摑んで引っ張った。

「あべあべべべ」

「ウチらもうダチっしょ～～！　寂しいこと言うなし～～～‼」

「ぼ、ぼ、ぼべぶだざい……！」

たぶん「ごめんなさい」と言ったのだろう。

「わかればよろしい！　んで、何の用？」

「弦川の友達ってことでお願いしたいんだけど。俺たち、後夜祭出るにあたって事前人気を獲得しておきたいんだ。で、動画を出そうと思ってて……山下に拡散をお願いしたい」

山下はインスタでそこそこのフォロワー数を誇るギャルだ。最近、校内でも注目を集めつつある。友達が多くて、見た目も可愛くて、しかも頭がいいんだからそりゃあ目立つ。

「ん～、いいけど条件がある」

山下は手元で作業していたクラスのカフェ用の制服を持ち上げる。

「瑠歌っちにはこれを着て歌ってほしい。胸に1Eってワッペンも縫いつける」

「なんで？」

「宣伝ってさ、ウザいじゃん？　ウチのアカウントにダメージ与えるんだよね。ステマかよ、みたいな。ダイマなんだけどさ」

「うっ」

「だーかーら。ウチ的にも嬉しいことあったほうがいいじゃん？　ってわけで、ウチのクラスの宣伝も兼ねてくれるなら、拡散したげるよ」

俺は弦川を見た。動画に出るだけでもビビるだろうに、こんな可愛い衣装を着るなんて大丈夫だろうか？

「私は、だいじょぶ。ちょっと、恥ずかしいけど……」

弦川がいいなら問題ない、か」

弦川も腹をくったのかもしれない。しかし山下、意外と薄情だな。いや、リアリストなのかもしれないけれど……。

「そんな顔すんなよ」

割り込んできたのは三沢だった。

「山下の提案はおまえらにとっても都合がいい。山下が何の理由もなくシェアしたら、明らかに依怙贔屓《えこひいき》してる感じがする。でもクラスの宣伝だったら嫌味じゃないだろ？その辺も考えてくれてんだよ。な、山下」

「三沢、実は頭いいの？」

山下が意外そうな顔で訊く。

「俺は天才だからな。見直した？」

「いい意味でも悪い意味でもちょっと見直した」

「おい、全部いい意味じゃないのかよ」

「うん。頭いいのは純粋に見直した感じだけど、人の狙いを勝手にぺらぺら喋るのは減点」

「おうふ」

大袈裟な感じでダメージを受けたモーションをする三沢。それを見てクラスのみんなが笑う。

「店の制服で動画撮るなら、場所も教室がいいんじゃないか？　放課後、撮るか？」

作野が提案する。

「みんながよければ」

「いいか、みんな？」

「「「おっけー！」」」

委員長の呼びかけでみんながひとつになった。

＊

動画の撮影は無事終了し、動画のアップをして数日。

昼休みに教室でスマホを見ながら、俺は「むぅ」と唸った。

「どうしたの？」

弦川に声をかけられる。

「いや……俺たちの動画、けっこう伸びた気がするんだ」

「うん！　伸びた！」

「だけどさ……」

俺はスマホを弦川に見せる。

そこには岩波先輩があげた動画が映っている。

再生数一万超え。アマチュアとしては破格の存在感だろう。

「岩波先輩、すごい……」

弦川が感嘆の声を上げる。

俺たちが動画をあげたように、岩波先輩も動画をあげていた。抜かりない人だ。当然だけど。そしてしっかり再生数を取っている。

そもそも岩波先輩は校内では有名人。それだけではなく、オーケストラ部でヴァイオリンを弾いていた先輩は、ＳＮＳ上でもともと、有名なＪポップのヴァイオリンアレンジを披露してプチバズしていた。

それに、過去二年間、オーケストラ部として後夜祭に出ていて、昨年、部は最優秀賞を受賞している。

「そんなヒヨんなくて大丈夫じゃない？」

そう言ったのは山下だった。

「乙井たち、けっこういい線いってるよ。特に一年の間で」

「マジ？」

「マジだ」

と言うのは三沢。

「上の二学年はけっこう岩波先輩推しって感じだ。歴史もあるしな。だけど俺ら一年にその歴史はない。同学年だし贔屓したくもなる。あと先月のプチバズ動画の印象もあるし」

「判官贔屓もあるな」

と言ったのは作野。

「岩波先輩はいわば本命。勝って当然という存在。それに対し、新興として出てきた乙井たちは絶対不利な状況で戦っている。それゆえ推したくなる者も多い」

「っつーわけで、ま、乙井たちと岩波先輩がツートップって感じ。悪くないよ」

山下がまとめる。

「あとは本番の出来次第だな」

「うん！　頑張る！」

その意気だ、と友人たちがエールを送ってくれる。

と、

「乙井奏太と、弦川瑠歌ってやつ、いる？」

教室の入り口から声がした。

「えっ？　井本先輩？」

そこにいたのは、井本先輩だった。オーケストラ部の部長で、岩波先輩の後輩にあたる人物。

「ああ、乙井に弦川。そこにいたのか。少し三人で話せないか？」

井本先輩は深刻そうな顔でそう言った。

2

三人で話すなら、と俺は井本先輩を部室に連れていった。

井本先輩はそわそわとしている。話があるからと来たはずなのに、なかなか話し始めなかった。

「井本先輩。用がないなら、クラスに戻ってもいいですか？」

冷たいかもしれないが、俺はあえて突き放すようなことを言った。実際、文化祭の準備は大詰めだし、後夜祭の練習も控えている。みんな忙しい時期だとわかっているはずだから、こう言えば話し出すのではないかと思った。

「後夜祭の出場を辞退してくれ」

井本先輩の口から出てきたのは切れ味の鋭い言葉だった。

一瞬、返答に詰まる。言葉の意味はわかるがなぜそんなことを言われなければいけないのかわからない。

「岩波先輩を勝たせたいんだ」

井本先輩のほうから理由を話してくれる。

やっぱり意味がわからない。

「そりゃ、後輩なら、そうでしょうね」

「俺が後輩だからじゃない。今回の後夜祭は岩波先輩の人生がかかってるんだよ」

「後夜祭で人生がかかる？」

んなことあってたまるか。いや、弦川は実際、人生がかかってるわけだが、そんな人間が二人もいてたまるか。

「おまえらさ、岩波先輩が東大受けるの、不思議に思ったことないか？」

「いや、岩波先輩なら東大が妥当ですよ。あの学力だったら、日本の大学じゃ東大か京大以外は釣り合いません」

「受かるか受からないかって話じゃない。音大受けるんじゃないかって思わなかったか？」

「……思いました」

俺は一回、訊いている。音大を受けないんですか、と。

「でも前に訊いたときは全然考えたことないって感じでしたけど……」

「そんなわけないだろ。SNSでヴァイオリンアレンジをいっぱいあげてて、ずっとオーケストラ部で1stヴァイオリンを弾いてて、軽音部に楽曲提供したり、アレンジ提供したり……ずっと音楽に打ち込んでいた先輩が音大を目指すのは自然だ」

「じゃあなんで目指してないんですか」

回りくどい言葉遣いにうんざりして、俺は訊いた。

「親から止められてるんだ」

親、か……。

なんなんだよ、もう。岩波先輩も、弦川と同じってのかよ……。

「音大に行ったとして、将来、音楽を仕事にするのは難しい。音楽関係の仕事には就けるかもしれないけどな。だったら、もっといろんな可能性がある東大に入ったほうがいいに決まっている、と。東大に入っていろいろな可能性を探ったあと、それでも音楽業界に行きたければ行けばいい。行ける実力があるんだから、と」

正論だ。

仮に岩波先輩が音楽しかできなかったら、親もうるさく言わなかったのかもしれない。大学の文学部を卒業した人間が文学を仕事にしない場合があるように、音大を出ているからといって音楽で生きる必要はない。関連する企業に勤めてもいいだろうし、全然関係ない仕事を探してもいい。

ただ、普通に就職するなら東大ブランドを得たほうがどう考えても有利だ、という話。そして岩波先輩の学力であれば東大は全然狙える。仮に落ちたとしても、浪人すればまた狙えるし、最難関の私大のどこかには絶対受かってるだろうから、そっちに行っても問題ないはずだ。

岩波先輩は優秀だからこそ音楽への道を閉ざされている。

「部長は、ずっと親にアプローチし続けていて、断られてきた。でも今回ついに、親が折れた。三年間の説得が実を結んだんだ。けれども条件を出された。それが……」

「――後夜祭で優勝すること？」

「そう。最初は、後夜祭に出たいと親に言いにいったのが始まりだったらしい。おまえらに触発されて、自分も出てみたくなったんだと。引退試合のつもりだったのかもしれない。そのとき親が、『まだ音大に行きたいのか？』と訊いてきた。部長は『もちろん』と答えた。そうしたら、『優勝できたら音大を受けるのを認める』と言ってくれたんだ」

「親も、先輩の熱意を知ってた」

「ああ。ずっと音楽を続けているのも知っていた。でも東大を目指すのがよいという考えは変わらない。親としては最大限の譲歩だろう。だから部長はエントリーしたんだ」

そう締めくくり、井本先輩は黙った。

じっと、俺を見つめている。

事情はわかっただろう？　だから出場するな、と。

岩波先輩の事情は理解した。だけど、俺たちにだって事情がある。

「弦川は、今回の後夜祭で優勝できなかったら転校しなきゃいけないんです」

「転校したって音楽はできるだろ。岩波先輩は、普通の四大に行くか音大に行くかの分かれ道に立ってる。その先の人生はまったく違うものになる」

「俺たちだって、一緒に音楽をやるかやらないかでその後の人生が絶対に変わります」

俺は引かなかった。

弦川にだって来年はない。一人きりで別の学校に行って、音楽を続けられるか？ できるかもしれないけれど、ヒトリナハトの音楽はきっと、できなくなる。離れ離れになってやるなんてそんなの無理だ。

この学校で一緒に音楽をやるのが一番いいに決まっている。

そのとき、バッターンと派手な音がして部室の戸が開いた。

「井本!!」

岩波先輩が立っていた。

凄まじい形相。本気で怒っている人間からしか感じられない熱気を全身から出している。

「部長……うぐっ」

岩波先輩が井本先輩の襟元を両手で摑みぐいっと持ち上げた。井本先輩が苦しそうに呻《うめ》く。そんなことはお構いなしに締め上げるような勢いで持ち上げ、下から眼光鋭く睨みつけると、

「余計なことすんな」

低い声で、言った。

「せ、せせ先輩……！　痛そう……！」

弦川の声に我に返ったのか、バツの悪そうな顔をして岩波先輩は井本先輩を開放する。

げほげほと井本先輩はせき込んだけれど、

「岩波先輩がずっと音大に行きたいって言ってたの、知ってるから……」

なお、抵抗を示した。

井本先輩も、本気で岩波先輩のことを想っているのだとわかり、俺はやり切れない気持ちになる。

「だったとしても、私はフェアに戦って勝ち取りたい。それにお前は私がこいつらに負けると思ってるの？」

「それは……」

井本先輩は目を泳がせた。

大きくため息をつく岩波先輩。自嘲気味に笑う。

「わかってるよ」

――そのとき俺は初めて、岩波先輩の〝弱さ〟を見た。

音楽が大好きで、ずっと音楽漬けの生き方をしていて、そして、努力も人一倍している岩波先輩。いつも自信満々に俺たちに指導してくれている先輩。

だけど先輩だって自分は何かが足りないと思っている。

そしてそれをまざまざと気づかせてくれる弦川という存在。

「そもそも絶対に負けないってあんたが思えるくらいのレベルだったら、うちの親も音大に行くの、反対しなかった。私はノーミュージック、ノーライフのもとに生まれたわけじゃない。そのくらいわかってるよ」

弦川のような圧倒的な才能を自分は持っていないと、岩波先輩は思っていて。

そしてそれは、井本先輩レベルの人だったらうすうす気づいてしまっていて……。

一Eのみんなだって弦川の歌なら勝てると言ってくれて……。

実際俺は弦川なら岩波先輩を倒せると確信していて……。

それらすべてを賢く音楽の才のある岩波先輩は完全に理解している。

「だけどさ……」

それでも岩波先輩は折れていなかった。

まっすぐ闘志のこもった瞳で井本先輩を射抜く。

「私にだって意地がある。たとえ才能に限界があったって、その限界を音楽への想いでぶっ壊したいって思う。そう思わせてくれたのが、こいつらなんだ。私は本気でぶつかって、こいつらに勝たないといけない。だから余計なことすんな」

井本先輩は納得している様子ではなかった。

「――わかりました」

それでも頷いたのは、岩波先輩の想いを尊重しようと思ったからだろう。

「奏太、瑠歌。そういうことだから。二人がユニットを続けられるかどうかがかかってる戦いだって聞いても、私の意志は揺らがない。私は自分の人生を勝ち取るために、あんたらに勝つ」

絶対に負けるわけにはいかない。

「望むところです」

「ところです！」

俺たちは真正面から受けた。

いいだろう。

師匠、あんたを超えてやるよ。

3

文化祭一日目——。

「クレープあがったよ～。三番テーブルさんに二つお願い～」

一年E組の喫茶店は大いに繁盛していた。

椅子と机を必要な分以外撤去し、教室のだいたい三割くらいのところにカーテンをはり、厨房《キッチン》と客席《ホール》に分ける。三割のほうが厨房で七割のほうが客席だ。

厨房といっても、ケーキをセッティングしたりコーヒーを入れたりするくらいしかできない、簡素なものだ。学校内に作った店舗としては頑張っていると思う。山下を筆頭としたギャルや三沢たち男子のトップカーストたちがリードして作り上げてくれた。俺や弦川は言われるままに手足となって作業するだけだった。

いわゆる喫茶店系の出し物は文化祭だとよくあるし、うちの内装はわりと普通だ。一か所だけ違う点があるとすれば、客席の片隅に、飲み物の瓶を入れるプラスチックのケースを並べて作ったステージがあるところだ。

一時間ごとに、クラスの誰かがそこでパフォーマンスをする。

たとえば弦川がギターの弾き語りをする。他にも漫才をやるやつ、手品を披露するやつ、など、かくし芸を持ったクラスメイトたちがこのステージを使う。昔っぽい言い方をするとショーパブ風喫茶店……というのだろうか？　セクシーなダンスとかはないけれど。

俺も弦川も、フォークソング同好会の活動が当日はないので、文化部のわりには店番に入る予定になっている。ただ弦川はさっきも言ったようにステージに立つのでシフトがややこしくなる。一方の俺はがっつり接客係の仕事が入っている。

今もせっせと客席に料理を運んでいる最中だ。

「い、い、いらっしゃいませっ」

弦川も頑張って客を案内している。最初は「いらっしゃいませ」も言えず黙々と注文を取って運ぶだけだったのが、ここまで成長した。たまに怪訝《けげん》な目で弦川を見るお客さんもいるが、大半の人は文化祭なので大目に見てくれている。慣れない接客を一生懸命やる姿を微笑ましく感じるのか、「頑張ってね」と声援を送ってくれる人もいた。

それゆえの弦川の成長だ。

「お姉ちゃん、ありがと」

「ど、どういたしまして！」

弦川がクレープを持っていくと、小さな女の子がお礼を言った。

弦川は嬉しそうだった。うんうん、お客さんにありがとうって言われるだけで嬉しいよな。俺もバイトで生徒さんや先生から感謝の言葉をもらったりするからよくわかる。

と——

「ふぇ、ふぇ、ふぇえええええええええええええん!!」

赤ちゃんが急に泣きだした。女の子も抱きかかえていたお母さんも驚いたようだった。

食事が来るまでに時間がかかったから待ちきれなかったのか、それとも飽きてしまったのか。何が気に入らなかったかはわからない。

「よしよし、泣かないでね〜」

最初は余裕のあったお母さんだが……。

「びえええええええ!!」

「もう、どうしちゃったの？　ほーら、よしよし、よしよし……」

赤ちゃんが一向に泣き止まないせいで、だんだん焦りが見えてきた。そのうえ、お母さんが赤ちゃんにつきっきりになってしまったことで不機嫌度マックスになる女の子。

お母さんは困り果てていた。

「ごめんなさい、もう帰るわね」

クラスメイトの女子にそう告げる。やり取りを見ている感じ、姉か従姉など——親族のようだ。クラスメイトの女子の活躍を見にきたとか、そんなところだろう。せっかく来たのにすぐ帰るのではなんだか残念だな……と俺は思う。実際、お母さんは残念そうだった。

お母さんが席を立とうとしたそのとき——。

ギターの音色とともに、透き通った声が教室に響いた。

弦川の声だった。いつの間にかステージに立って、ギターを弾きながら歌っている。

曲目は、言わずとしれた幼児アニメの主題歌だった。

しかもご丁寧に、そのキャラのお面を被《かぶ》っている。縁日なんかで売っているようなあれだ。そういえば、二年生のどこかで縁日っぽい店を出しているクラスがあったからそこで手に入れたのかもしれない。

赤ちゃんの反応は凄まじかった。まず一発で泣き止んだ。続いて弦川をガン見。そしてきゃっきゃっと笑いだす。

お母さんは心底ホッとしている様子だった。席に戻り、不機嫌だった女の子の相手を始める。

弦川の歌が家族の危機を救ったわけだ。

*

「弦川の歌って、人類みんなに響くのかもな」

シフト終わり、バックヤードに戻ってきた弦川を捕まえて俺は言った。

「い、いや、きっとアニメがすごいだけ、だよ」

「そんな謙遜するなって。あれ、そういや弦川、これから休憩？」

「うん。乙井くんも？」

「ああ。珍しく休憩が揃ったな」

ステージに上がる弦川と、まったく上がらない俺はシフトの組み方がそもそも違うから、この一致は偶然の産物だ。半日やってきて一回もなかった。

「あ、あ、あの……」

「ん？」

いつもにも増して弦川がもじもじしている。こういうときの弦川は何か言いたいことがあるけれど言えないでいる。

もう慣れっこだ。

弦川が勇気を出せるまでのんびり待っていると、

「おい、乙井。暇なら一緒に文化祭回ろうぜ」

三沢が俺に絡んできた。

が、

「はーい、余計なことしなーい」

なぜか山下が三沢を引っ張って去っていく。

山下は用事があったのだろうか。

「ぶ、文化祭！」

弦川が突然口を開いた。意味は不明だ。

「おう、文化祭だな」

とりあえずオウム返しししておく。

「一緒に回らない？」

「お、いいね」

ぱーっと明るい顔になる弦川。

なるほど、休憩がかぶったから一緒に文化祭を回ろうと言いたかったのか。弦川としては友達を誘って文化祭を回るなんて凄まじくハードルが高かったんだろう。それでも自力で誘えるようになったんだから大きな進歩だ。

「どこに行こうか？」

俺が訊くと、

「岩波先輩のとこ。て、敵情視察」

弦川は答えた。

岩波先輩の劇伴を聞いておく……いい考えだ。

あらかじめ岩波先輩の実力をこの目で見て、心の準備をしておくのは大事だ。本番のときにいきなり凄まじいステージを見てビビらないで済む。

＊

演目はシンデレラだった。

ストレートでハッピーエンドな感じで、脚本も練られていて面白かった。

岩波先輩の劇伴はストリングスを主体とした、一昔前の映画音楽といった趣。アニメのようなファンタジックな雰囲気もありつつ、豪華に仕上がっていた。特に中盤、王子様と初めてダンスするシーンの音楽は幻想的で印象に残った。

さすがは三年生。しっかりとした完成度で、終わったあと、廊下では、観覧した人たちが賛嘆する声が聞こえた。

俺と弦川は、教室を出てから少し無言だった。

「劇、すごかったな」

沈黙を破ろうと思って俺は言った。

褒め言葉しか出てこない。

「曲も、すごかった」

弦川から出てきたのも褒め言葉。

声からは感情が読み取れない。

心なしか暗いか？

「自信なくしたか？」

俺は訊いてみる。

「ちょっと。でも大丈夫。私たちは、二人いる」

そう。

一人では岩波先輩に太刀打ちできないかもしれない。

けれど二人だったら、いい線行けるのではないか。あんまり根拠はないが、そう思っている俺がいた。そしてその感覚は、岩波先輩の劇伴を聴いたあとでも揺るがなかった。

素人の蛮勇かもしれない。だとしても戦意が失われていないのは良いことだろう。どのみち俺たちは勝つしかないんだ。

こうして文化祭二日間は問題なく終わり——。

後夜祭が幕を開けた。

4

『ジャイアント作野、行ったー!!』

ステージ上ではプロレスの試合が行われている。うちのクラスの委員長、作野がヴィラン役で出場していた。

実況は、先日の生徒会選挙で見事生徒会長になった橋口先輩。眼鏡の真面目な風貌からは想像できないくらい生き生きとした実況で、会場を盛り上げている。橋口先輩は後夜祭の総合司会も務めており、ある意味で、今回の祭りの顔みたいな存在だ。

学校中の才能が結集し凌《しの》ぎを削る祭典——後夜祭。

二日間の文化祭の労《ねぎら》いの意味が強い集まりで、生徒たちははしゃぎにはしゃぎまわる。今もプロレスのステージに対して大歓声が上がっている。直前のステージがオーケストラ部だったから、ずいぶん雰囲気が違う。

今回後夜祭に出るグループは五つ。

オーケストラ部、演劇部、プロレス同好会、俺たち、岩波絵美里先輩。部活が二つ（オーケストラ部、演劇部）、有志団体が二つ（プロレス同好会、ヒトリナハト）、個人一人（岩波先輩）と、かなりバラエティに富んだラインナップになっている。この五つのグループが優勝を競う。出演順は今述べた通りの順だ。

俺と弦川は、プロレス同好会のステージを、ステージ袖から見ていた。

カウントが終わり、高校生レスラーたちがはけていく。

「いよいよだな」

エレキギターを大事そうに抱きしめている弦川に、俺は声をかけた。

フォークソング同好会の部室に置きっぱなしになっていた、アイバニーズのエレキギター。鋭角的な黒のボディは少しいかつく、フレットの数も普通のギターより多めの二十四。ハードなロックを演奏するときに登場する機会が多いギターだ。制服姿で、清楚な感じのメイクを施された弦川（山下がメイクしてくれた）が持っていると、か弱い少女が重火器を担いでいるようなギャップがあって、ステージ映えしそうだ。

「い、い、い」

テンパっているのかうまく返答してくれない。

「落ち着け。仰向けになるか？」

「だ、だだ、大丈夫‼」

深く呼吸する弦川。

肩は上がっていない。腹式呼吸はバッチリだ。

「これは、武者震い！　最高のステージに、しよう！」

弦川は笑顔で言ってくれた。

「おう！」

俺と弦川は一緒にステージに向かう。

それぞれ楽器をセッティングする。

ステージ下には演奏開始を待っている生徒たちの姿が見えた。オールスタンディングで、ステージの際まで集結している。

準備が完了したので、俺は右手を挙げてＰＡに合図を送った。

俺が打ち込みで制作していたドラム音源が、会場に響く。それに合わせて俺はキーボードを激しく打鍵する。

アップテンポのＥＤＭ風のイントロだ。ボカロＰなど、ウェブ音楽の影響をもろに受けたダンスミュージック。電子的なサウンドに、会場の生徒たちが踊り出す。

そんな中、弦川だけは、スタンドマイクの前で立って静止していた。頭を垂れ、揺れることすらしない。黒いギターをギタースタンドに立てかけたまま、ただ一人、マイクの前にたたずんでいる。

醸し出される、陰気な雰囲気。

だがこれでいい。弦川は今、曲の中に入り込んでいる。

今までの演奏は誰かのコピーだった。お手本がいた。弦川はお手本の中に入り込み素晴らしい歌を歌いあげた。

今回は入り込むべき手本はいない。

俺たちのユニット――ヒトリナハトに入り込む。

そして俺たちの曲―― 〝Kodoku〟の中へダイブする。

「デタラメな世界のリセット願望　勇気がなくて押せなかったボタン」

弦川の声が響く。

わーっという歓声。

摑みはバッチリ。わずか一声で会場を手中に収めてしまう。

額に汗が浮いてきて、つーっと顔を伝う。照明の暑さのせいか、会場の熱気のせいか、それともステージというものの〝熱さ〟がなせる業か――。

そのままサビへと畳みかける。

「一人ぼっちの夜が二つ　合わさって溢れた笑顔の涙」

サビが終わったところで、弦川がギターをひっ摑む。勢いよく体の周りを一周させてから構えると、一弦のハイフレットを指で押し上げ、右手のピックで思いっきりはじいた。

甲高い悲鳴に似た音が響き渡り、ギターソロが幕を開ける。

チョーキングと呼ばれる技術で、弦を押し上げることで本来そのポジションで出る音より高い音を出す。音が低いところから高いところへとせりあがるので、ギターがまるで泣いているように聞こえる。

弦川はギター歴一か月とは思えないほど滑らかにメロディを奏でた。弾いているのはサビのメロディをギターらしく変形したもの。テクニックが追いついていないので早弾きはないが、リズムが完璧で音のタッチは抒情的だから聞く者の心にグイグイ訴えかけてくる。

「一人ぼっちの夜が二つ　合わさって溢れた笑顔の涙　Kodoku の届くところにいた」

最後のサビを歌い切り、二人でアウトロを演奏して、曲が終了。

大歓声が巻き起こった。

そのときの弦川の横顔を、俺は一生忘れない。

それは天才が、初めて世界に受け入れられたときの顔だ。

5

ステージを終え、俺たちは袖にはけた。

そこには岩波先輩がいた。

俺も弦川も軽く会釈をした。

岩波先輩は黙って俺たちを見つめるだけで、会釈には応えてくれなかった。先輩としてもどう接していいかわからなかったのだろう。たまたま順番が連続だったせいで顔を合わせてしまっただけで、本来なら顔を合わせないで済んだはずなのだ。

「……」

弦川は岩波先輩の反応にちょっとショックを受けたみたいだ。

「本番前だ。岩波先輩だってナーバスになる」

俺はフォローするが弦川の表情は浮かない。

「うん……」

「ほら、見に行こう」

俺と弦川は楽器を体育館の壁に立てかけ、ステージの近くに向かった。

観客の塊の最後尾に立った。少し後ろにいたほうがスピーカーから出る音を聴きやすく、ステージの全貌も見えて岩波先輩のライブを耳にも目にも焼きつけられると思ったからだ。

弦川と隣どうしで立って、ステージを見上げる。

ステージ上には一本のマイクスタンド。構えるギターはサンバーストカラーのフェンダーストラトキャスター。

マイクスタンドの前に立つ岩波先輩は、いつもの制服姿ではなく、タンクトップとダメージジーンズの短パンという格好だった。ロックな雰囲気を重視した衣装。

だが――。

じゃらん、と最初に響いたのは高音《トレブル》の利いたクリーントーンの和音だった。

続いて甘いアルトの歌声。

ざわざわしていた会場が一瞬で静かになる。「水をうったように静かになる」という表現があるが、その投下された水こそ、岩波先輩の歌声だった。

PA経由でドラム、ベース、シンセサイザーの演奏が流れ、それに合わせて岩波先輩はギターを弾き、歌う。ギターソロはジャズのスケールを応用しつつ、ポップロックにうまく溶け込ませた演奏。技巧的だが嫌らしくない。音楽をやっていなかったらその技巧性に気づけないだろう。それくらい曲に溶け込んでいた。

すでに一曲目から圧倒的なレベル差を感じさせる演奏だった。

「ハロー、チョウ高――!!」

「「いえーい！！」」

岩波先輩の呼びかけに会場が応える。

「後夜祭ラスト、盛り上がって行こー!!」

次の曲はストレートなロックチューンだった。ハイテンポでギターをかき鳴らし、歌も高音を利かせた荒っぽいもの。

しかも――。

「ひゅー！」

ギターソロのとき、岩波先輩はステージから飛び降りた。背中から生徒たちの上に着地し、仰向けで運ばれながら、寸分たがわず旋律を奏で続ける。ギターとアンプを繋ぐシールドが有線ではなく無線なので、生徒の海の上を動き回っても問題なしだ。

「す、すごい……！」

「ヤバすぎ！　どうやってるんだ!?」

弦川と俺は同時に声を漏らした。二人とも対戦相手だというのも忘れて、岩波先輩のステージにのめり込んでいた。

岩波先輩は床に着地すると、階段をダッシュで上ってステージに戻り、そして最後のサビを歌い上げた。


「「え！　み！　り！！　え！　み！　り！！」」


観客からは「絵美里」コール。完全に会場を味方につけた。

岩波先輩はコールに対して和音を弾いて答える。

「ありがとーーー!!」

ああ、くそっ、何て人なんだ。すごすぎる。ライブって、こんなに見てて楽しいものだったのか……！

ライブに行った経験がなかった。だから知らなかったんだ。観客として参加するライブがこんなに素晴らしいなんて。

隣では弦川が観客と一緒になって「絵美里」コールをしていた。普段は全然声出さないやつなのに。

俺も弦川も観客の一人にされてしまい、完全に岩波先輩のライブに支配されていた。

やっぱりレベルが違いすぎる。

「ラストもロックな曲だからみんな盛り上がってねー！」

最後の曲への期待が最高潮へと高まっていく。それに応えるようにして、ＰＡからイントロが流れてきて、岩波先輩が右手を振り上げ、ピックで弦を荒々しく引っ掻《か》いた、そのとき――

不協和音が鳴り響いた。

和音を弾いた瞬間、岩波先輩は固まって演奏をやめてしまった。

しかしステージ下は大盛り上がりしていた。まだ観客は気づいていないのだ。

俺は気づいていた。おそらく弦川も。音楽に詳しい人間なら最初の音で気づく。幸い、イントロが長い曲だから、岩波先輩が演奏していなくても打ち込みの音源が流れているので大きな問題はないが……。

俺は推測する。

この曲のキーはおそらくＥ♭メジャー（変ホ長調）だ。

Ｅ♭の曲を演奏するとき、ギターは普通、すべての弦を半音下げ《ハーフステップダウン》チューニングにする。そのほうが演奏するのが楽だからだ。普通のチューニングでも弾けないことはないのだが、半音下げにしたほうが押さえるコードが簡単になる。たとえば、曲の基本となるE♭というコードを、Eという一番シンプルなコードを弾くだけで出せるようになる。

今流れている曲は全弦半音下げだ。本当はギターのチューニングを半音下げにしなければいけなかった。でも岩波先輩はそれを忘れた。

ステージには悪魔が宿っている。

おそらく普段の岩波先輩だったら絶対にやらないミス。

だが今日の岩波先輩は極度に緊張しながら音楽をプレイしている。

自分の人生がかかったステージ。そんな大舞台、きっと一度もなかったはずだ。

半音下げではないギターでも、E♭の曲が弾けないわけではない。ニュアンスは多少変わってしまうが、自然な聴き心地にすることは十分可能だ。いつもの岩波先輩なら臨機応変にポジションを移動して弾けただろう。にもかかわらず、今はできない。

頭の中が真っ白になってしまっているのだと思う。

——頭の片隅をよぎらなかったかと聞かれたら、よぎったと答える。

このままラストの曲を演奏できずに終われば、岩波先輩はおそらく優勝できない。

俺たちは勝てるかもしれない。

だけど——。

「最高のステージに、しよう！」

弦川の笑顔が蘇《よみがえ》った。

きっと岩波先輩も同じ想いだったはずだ。

ステージに立ってしまえば勝ち負けなんて関係ない。ただ音楽にまっすぐ向き合うだけ。

そのステージが台無しになってしまったら、きっと辛い。

俺はキーボードを抱えてステージ上に駆け上がっていた。弦川も同じく、自分のギターを摑んで駆け上がった。俺はシールドをＤＩに、弦川は予備のアンプに繫ぐ。ＰＡの人が俺たちの行動を見て、音が出るようにしてくれた。ＰＡの人はやはり岩波先輩がチューニングをミスったのに気づいていたのだ。

岩波先輩がギョッとしたような顔をする。かまわず俺はアドリブで伴奏の中に分け入っていった。

弦川も同じように弾き始める。チューニングはレギュラーだったがうまくポジションを変えて、すっと曲に溶け込んだ。

俺は、岩波先輩を研究するためにあがっていた動画は全部見てコピーしていたからこの曲にも対応できた。

すでに曲は一番の途中まで来てしまっていたが、Ａメロが始まったときにちょうど俺と弦川が入ったので、まだ誤魔化せていた。

Ａメロが終わると一度間奏が入るから、岩波先輩が決断を下すまでの時間を稼げるはず。

岩波先輩は――。

「可愛い後輩が乱入してきたーー!!　負けてらんないねー!!」

スタンドマイクを掴み、シャウト。

さらに盛り上がりが加速する会場。

そのまま岩波先輩はギターを弾かずに歌に入った。少しハスキーで攻撃的な歌い方。完全復活だ。

俺と弦川は顔を見合わせて笑った。

巨大なアクシデントだったけれど、俺は尊敬する先輩と同じステージに立てて嬉しかった。素晴らしいミュージシャンのバックで演奏するのがこんなに楽しいなんて
……弦川もすごいやつだが、岩波先輩もすごい。最初のミスを完全になかったことにするだけの歌唱力。おそらく観客の生徒たちは最初の硬直にまったく気づかないまま終わるだろう。

そしてギターソロがやってきた。どうするのかと思ったら、岩波先輩は普通にレギュラーチューニングのまま弾き始めた。ポジションをうまく移行して、きちんとE♭のキーで弾いている。

と、煽るように弦川のもとへかけていった。

弦川もすごかった。岩波先輩に気づくと、先輩のフレーズにハモらせる形で演奏した。

俺は二人のハーモニーを邪魔しないように、けれど二本のギターが単音しか弾いていないせいでどうしても厚みが減ってしまう部分をキーボードでフォローした。

その圧倒的なギターバトルに観客は大喜びだった。生徒たちが動き回り、上から見ると渦を巻いているように錯覚する。〝モッシュ〟が発生していた。

そしてアウトロを弾き終わり、演奏は終了した。

「ありがとうー！　ヒトリナハトの二人にも拍手──！」

本当に本当に最高のライブだった。

＊

「奏太、瑠歌！」

ステージから袖にはけると、岩波先輩に呼び止められた。

「どうして助けてくれたの？」

岩波先輩の顔は不安そうだった。意味のわからない事態に遭遇して怯えているように見える。悪い結果になったわけじゃなくても、理解できない事態にぶつかると人間は不安を感じるものなのかもしれない。

「なんか体が勝手に動いちゃったんです」

「たぶん、岩波先輩のステージが、カッコよかったから！　盛り上げたかった！」

俺と弦川の答えを聞いた先輩は、一度目を丸くしたあと、今度は心配そうに、

「そんな理由で……負けたらどうするつもりなんだよ」

と尋ねてきた。

「「そのときはそのとき」」

俺と弦川はハモった。

弦川ごめん、岩波先輩に言われるまで忘れてたよ。ステージに上がった瞬間、たぶん忘れた。けど弦川、君も忘れてただろ。岩波先輩に言われて、「あっ」っていう顔してただろ。

それくらい、俺も弦川も岩波先輩のステージに呑まれていたと、そういうことなんだろう。

俺と弦川の答えを聞いた岩波先輩は、「はあ」とため息をついた。

「君たちはホント、バカだ。だけど……素晴らしいステージをありがとう」

その顔は清々しい笑顔だった。

6

投票時間が終わるころ、俺たち出演者は壇上に登っていた。オーケストラ部や演劇部といった大所帯は代表者が、プロレス同好会は全員が上がっていた。俺たちも二人なのでどちらもステージに上がった。

結果発表の時間だ。

「それではー！　栄冠に輝くのはどのチームでしょうか⁉」

司会の橋口先輩の声に合わせて湧きあがる歓声。プログラムがすべて終わったとは思えないほどの盛り上がりようだった。それだけ岩波先輩と俺たちのライブ含め、後夜祭のステージが素晴らしかった証拠だ。

ライブをしていたときとはまた違った緊張感の中、俺はステージ上に立っていた。

ライブ中はただ音楽に没頭していた。自分たちのステージのときも、岩波先輩のステージのときも。純粋に音楽と向き合っているだけで、感情はシンプル——音楽への想いただそれだけ。

対して今は……さまざまな感情が心に溢れていた。

負けたらどうしようという気持ちも、もちろんあった。でも同時に、弦川と演奏したステージは素晴らしかったという確信もあった。ネガティブな感情とポジティブな感情がないまぜ。

ここから解放されるためには結果を待つしかない。

そして、投票結果がスクリーンに表示された。

岩波絵美里：３４２
ヒトリナハト：３４０

オーケストラ部：101
プロレス同好会：89
演劇部：89

「優勝は、岩波絵美里ー!!」


湧きあがる会場。

喜びのあまり両手で口を覆う岩波先輩。

弦川は……岩波先輩のほうを見て、拍手をしていた。けれど目からは大粒の涙がこぼれている。

負けた。

精いっぱい戦い、そして力及ばず、俺たちは敗北。

できることは全部やった。

最高の演奏ができたと思う。だけどわずかに及ばなかった。

さっきとは違うたくさんの感情がこみあげてきた。

負けた悔しさ。

弦川への申し訳なさ。

自分への不甲斐なさ。

実力不足への怒り。

弦川との別れへの、哀しさ。

ヒトリナハトが終わることへの、寂しさ。

——肩を叩かれ、顔を上げると、弦川の顔が目に飛び込んできた。

「乙井くん……」

「ごめん、弦川。勝てなかった」

「問題、ない」

「でも……」

弦川は転校しなきゃいけなくなる、そう言おうとする俺を遮るように、弦川はハンカチを俺の目に当ててくる。

そのとき初めて自分が泣いていることに、俺は気づく。

「私たち、頑張った。岩波先輩、すごかった」

そう言って、弦川は笑った。笑ったんだ。頬を涙で濡らしながら。

一番辛いはずなのに。俺のために弦川は笑ってくれた——。

その笑顔が悔しくて、俺は唇をかみしめた。

「それでは優勝した岩波絵美里さんは、表彰台に上がってください!!」

俺と弦川のことなどお構いなしに、表彰式が始まる。

橋口先輩のアナウンスに従って、表彰台に岩波先輩が立った。

マイクを渡され、優勝者のインタビューが始まる。

「皆さん、ありがとうございます。優勝させてもらえて、光栄です。ただ……ここで一つお話ししなければいけないことがあります」

岩波先輩は優勝者とは思えない神妙な顔つきで言った。

「今回の後夜祭、真の優勝者はヒトリナハトの二人……乙井くんと弦川さんです」

会場がざわついた。

いったい何を言い出しているのだろう。

「彼らが最後にステージに上がってくれたから、私は優勝できました。もし二人が来てくれなければ、優勝したのはヒトリナハトでした」

岩波先輩、どうして……？　そんなことを言って、優勝が取り消しになってしまったらどうするつもりなんだ。

誰も、岩波先輩がミスっていたなんてわからない。言わなければ気づかれない。

それなのに、どうして……。

「彼らは私を助けにきてくれたんです。私は二人が乱入してきてくれなかったら、最後の曲を演奏できませんでした。私はギターのセッティングをミスしていて、頭が真っ白になっていて……。そんなとき二人が入ってきてくれて、それで持ち直したんです。しかも二人があまりに自然に入ってきてくれたから、会場のほとんどの人が、私のミスに気づきませんでした。単にテンションが上がった二人がステージに乱入し、最高の演奏ができた……そう判断してくれました。私がここに立てているのは、二人のおかげです」

しんと静まり返った会場。

「だから――ヒトリナハトの二人にも、表彰台に上がってほしい。あの最高のライブはヒトリナハトの二人がいなければできなかったことだから！」

静寂をぶち破って、わーっという歓声が響き渡った。

会場全体が岩波先輩の提案に〝イエス〟と答えている。

けれど俺は躊躇《ちゅうちょ》していた。岩波先輩の提案は嬉しいが、優勝したのは先輩だという事実は変わらない。このまま表彰台に乗ってしまって本当にいいんだろうか？

弦川も俺と同じで困っているらしく、きょろきょろ辺りを見回しつつ、時折助けを

求めるように俺を見てくる。いや俺も困ってるんだよ。俺たちみたいな陰キャには判断が難しいよな。

「ほらー、行ってこい！」

しかし俺と弦川は作野たちプロレス同好会に捕まって、押し上げられてしまった。

岩波先輩が両手を広げて、俺と弦川をグイっと引き寄せる。

「前代未聞の展開ー！　二チームが表彰台に上がってしまいました！」

司会の橋口先輩のテンションも最高潮だった。

「えーっと……優勝者は演奏するんだけど、今回はどうしようかな……。よーし、優勝した岩波絵美里さんと今回のＭＶＰ、ヒトリナハトが一緒に演奏するって感じで、皆さんいかがでしょうか⁉」

会場は大歓声で応えた。

「オーケイ！　では岩波絵美里さんとヒトリナハトのお二人、スタンバイをお願いします！　アンコールライブの開始です‼」

弦川が表彰台から飛び降り、アンプまで走ってギターに手を伸ばす。

と――。

「歌はあんたのほうがうまい」

岩波先輩がギターを先に奪い取り、弦川の背中を押した。

弦川は遠慮がちに、ステージ真ん中のスタンドマイクの前に立つ。

その様子を台の上で見つめながら。

俺は思った。

もう一度、弦川と演奏できる――。

その喜びがふつふつと胸の中に湧きあがってきて、俺はキーボードの前へと走った。

これが、ラストライブ。

だとしたら最高の演奏をして弦川を送り出さなければ――。

それが負けた俺にできるせめてものことだ。

「みんな！　ヒトリナハトと一緒にプレイするなら、歌はやっぱり瑠歌に歌わせたい！　いいよね⁉」

「「「いえーい！」」」

岩波先輩の問いに会場が大歓声で応える。

「瑠歌が歌うならナンバーはもちろんこれ！」

そう言って岩波先輩はKodokuのイントロのコード進行をギターで弾き始める。薄くリバーブのかかったクリーントーンのアルペジオ。美しく伸びやかな音色が、会場に響き渡る。

もちろんKodokuの始まり方はこうではない。そんなものはお構いなしに岩波先輩は勝手に曲を始めた。

それなのに――


「デタラメな世界のリセット願望　勇気がなくて押せなかったボタン」


弦川はまるでそういう曲であったかのようにＡメロを歌い始めた。そして当然のように岩波先輩は弦川の歌にギターのアルペジオを合わせていく。

俺の中でかすかな感情が動く。

弦川の歌を一番盛り上げられるのは俺だ、という感情。

俺もキーボードを重ね合わせる。

重なっていくサウンドたち。その上を弦川の透き通った歌声が歩む。

一瞬で会場は弦川の歌に呑まれた。

Ａメロが終わった瞬間、一気に音圧が増した。ＰＡの人が打ち込み部分をうまく流し出してくれたのだ。Kodoku本来のＥＤＭサウンドが響く。

岩波先輩はギターに歪み《オーバードライブ》エフェクターをかませ、俺はシンセサイザーの音を加えてキーボードサウンドに厚みを持たせる。打ち込みのベースとドラムがリズムを堅く支える。

豊かに広がった音の壁。

その向こうからやってくるのが——弦川の歌声だ。


「一人ぼっちの夜が二つ　合わさって溢れた笑顔の涙」


サビに入ると——視界が一気に開けたように感じる。

ずっと孤独だった二人……彼らが明かりを見つけた喜びがメロディと歌詞から溢れ出す。すべての抑圧から解放されたかのようなカタルシス。そのカタルシスを120パーセント表現する弦川の圧倒的な歌声。

ああ、本当に……。

彼女に出会えて本当によかったという気持ちが演奏する俺の中からこみ上げてくる。

歌う彼女の後ろ姿を見ていて、俺の脳裏にさまざまな情景が思い浮かんできた。

初めて弦川の歌を聴いたとき――この歌をずっと聴いていたい、と思った。

初めて一緒に曲を合わせたとき――めちゃくちゃ楽しくてびっくりした。

地区演奏会、初めてのステージ――演奏前は緊張しすぎで歌えなくなっていたくせに、あんなすごい歌声、ズルいだろ。

あの海での涙――もう二度とあんな涙は流させないからな。

そしてできあがった最初の曲――〝Kodoku〟。弦川との思い出の名前。

それから、さっきのライブ――マジで最高のステージだった。

――間奏に入る。岩波先輩がギターソロを弾くが、フレーズがオリジナルより大人しくなっていた。

岩波先輩が弦川に目配せした。

弦川は小さく頷くと、

「みんな、ありがとう！　チョウ高大好き！　ヒトリナハト大好き!!」

マイクで会場全体に呼びかける。

わーっという歓声。

弦川に声を届けさせるために岩波先輩はわざとソロで後ろに下がったんだ。

——弦川、俺も同じ気持ちだよ。

一緒に笑ったり、緊張してビビったり……転校の話が出たときはすれ違ったりもしたけど——

全部全部、俺たちの大事な思い出だ。

弦川と出会って、ヒトリナハトで活動できてホントによかった。

ありがとう、弦川。

——間奏が終わり、最後のサビがやってくる。


「一人ぼっちの夜が二つ　合わさって溢れた笑顔の涙　Kodoku の届くところにいた」


会場が一つになる。

岩波先輩のギター、俺のキーボードそして——会場の声。

会場中のみんなが、Kodoku のサビを歌っていた。

凄まじい音圧。ぶるぶると、体育館のガラス窓が震えている。

そしてそれほどの圧倒的な音の広がりを前にして――弦川の声はまったくかき消されない。

それらの音を押し潰すわけじゃない。

それらの音の上に乗り、より美しく艶やかに響き渡る弦川の歌。

会場を弦川の歌がすべて持っていった。俺たち全員が持っていかれた。

この瞬間に立ち会った俺に生まれた感情は矛盾する二つ――。

最高に嬉しいという感情――弦川瑠歌という世紀の歌姫誕生の瞬間に立ち会えた喜び。

最高に悔しいという感情――弦川瑠歌という史上最高の歌姫と演奏できるのが今日限りだという絶望。

そのときだった。

打ち込みの音源が止まり、曲が終わったにもかかわらず、岩波先輩は演奏を続けた。

俺は引っ張られて演奏する。

サビ前の間奏と同じコード進行。

間奏が終わり、弦川が再びサビを歌い始めたその瞬間――岩波先輩は演奏をやめた。

目が合った。

優しく、岩波先輩は微笑んでいる。

演奏は、弦川の歌と俺のキーボードだけになる。

Kodoku は続く。そして――

会場のすべての人間も今度はサビを歌わなかった。

岩波先輩が制止したからなのか、それとも皆が空気に呑まれたからなのか――わからないけれどたしかにこの瞬間、俺と弦川はステージ上で二人きりになった。

静まり返る世界の中で、弦川の吐息交じりの囁き声と、俺のキーボードの音色が響き渡る。


「一人ぼっちの夜が二つ」

――弦川がマイクを手に取り俺のほうを振り向いた。

「合わさって溢れた笑顔の涙」

弦川はぎこちない笑顔を見せた。

大きな瞳からは大粒の涙がこぼれ落ちた。

ぐっと堪えていた感情がこみ上げてくる。

すべての景色がスローモーションのように見えた。

涙が頬を伝わる。その涙は温かかった。

決して弦川との別れを悲しんだものじゃない。自然とそう思った。

俺も弦川も、溢れ出る涙でぐちゃぐちゃになっていた。二人ともまともに顔が見えていなかったはずだ。でも俺たちはお互いの〝音〟を感じ合った。

そのときたしかに、俺は弦川と繋がったような気がした。

ずっと孤独だった二人が、一緒に演奏できるようになって、やがて、一つの孤独な存在に昇華されたような、そんな幻想。

そうだったらいいなと思った。

ここでお別れだ。だけど一度繋がった俺たちは、きっと離れ離れになっても――お互い別の形で音楽を奏でていたとしても――

「きっと繋がってる　Kodoku の届くところで」

――そんな存在でいられたらいいなと。

演奏が終わる。
俺と弦川はどちらともなしに走る。
俺の腕の中に、弦川が飛び込んでくる。
俺はきつくきつく弦川を抱きしめた。
盛大な拍手。ざーっという音。すすり泣く声。
全員が俺たちの音楽に呑まれ、同じ感情を共有した。

――こうして俺たちの後夜祭は終わった。

＃6　フィナーレとオーバーチュア

「その曲は気持ちハネたほうがいいよ。十六分音符をきっちり弾きすぎると機械みたいになっちゃうから、微妙にスウィングしたほうがカッコよくなる」

「了解す」

部室でキーボードを練習していると、岩波先輩からの指導が入った。先輩曰《いわ》く、俺は筋がいいけれど知識が少なすぎてもったいないから、細かいテクニックや理論をいろいろ教えることにしたのだそうだ。

——後夜祭から一か月が経っていた。

ここ最近、放課後部室に行くといつも岩波先輩がいて、音楽の指導をしてくれる。俺が個人練をしている横で、岩波先輩は筆記試験の勉強をしたり、自分のキーボードやギターで曲を練習したりしていて、ときどき、俺の練習に口を出してくる。

「奏太は最低でも私くらいは音楽の才能、あると思うよ。ただ、私と同じってことは天賦の才があるタイプじゃないから知識が必要になってくる」

本当にそんなすごい才能があるんだろうかと疑問に思うが、教われるものは全部教わろうという気概で最近は練習している。一人で闇雲にやるよりも明らかにレベルアップのスピードが速いので練習が楽しくなってきた。

でも……。

「岩波先輩、〝勉強〟を見てもらえるのはありがたいんですが……こんなところで油売っててていいんすか？　受験生ですよね？　しかも音大の。十二月って追い込みの時期なんじゃ……」

岩波先輩は後夜祭で優勝したので、親から正式に音大の受験許可が下りた。受験する先はまだ確定していないが、東京藝大は受けないらしい。理由はクラシックに進むつもりはなく、ポピュラー音楽をやりたいので、そちらの勉強をがっつりできそうな大学を選択したいから。

今まで最難関とはいえ普通の四大を目指していた人がいきなり音大受験に切り替えるんだから、俺たちの面倒なんて見る暇があるんだろうかと俺は心配している。

「問題ないない」

ただ、当の岩波先輩は余裕綽々の様子だ。

「五教科の筆記試験は楽勝だし、実技の練習をここでやらせてもらってるし。場所代くらいは払っとかないとね。〝勉強〟を見るのなんて朝飯前だよ」

そう言って、再び自分の練習に戻る岩波先輩。

ヘッドホンで曲を聴きながら、鼻歌交じりに曲をコピーし、ノートにメモを取ったりしている。爆速で曲のコピーが進んでいくので、これで絶対音感がないなんてなんだか不思議だ。岩波先輩は小さいころから音楽をやっていたけれど、結局絶対音感は得られなかったらしい。

「耳に関しては瑠歌のほうが圧倒的にいいよ。私は知識で補ってるだけ」

とは岩波先輩の談。

そう言われて恥ずかしそうにしていた弦川の姿がぼんやり教室に浮かび上がり、消えた。

俺の幻覚。

弦川がいないとなんだか変な感じがする。もともと弦川と俺が二人で練習するために借りた部室だ。そこに岩波先輩がいるので、一応、部屋にいる人間は二人だけれど、岩波先輩が弦川の代わりになるわけではない。

「さて、採譜完了。奏太、ちょっと弾いてみてよ。私歌うから」

「え、初見でですか？」

「ピアノパートはコードとリズム譜しか採譜してないから簡単だよ」

「いやギターみたいな譜面渡してこないでくださいよ」

ギターはコードとリズムがあればストロークでなんとなく弾けるが、ピアノはそうはいかない。一応、コードを見ればだいたいどの音を出せばいいか覚えているが完全ではないから、なるべくなら音符が載った譜面が欲しい。嫌でも音符がいっぱい載っていたらいたで初見できちんと弾くのは難しそうだが――

「つべこべ言わずやる。これもお勉強の一環だよ」

「うーっす」

岩波先輩、マジスパルタ。

せめてもの抵抗として、自分のタイミングで弾き始めた。曲は一昔前の歌謡曲。初見だしライブでもないんだから多少ミスっても別にいいやの精神で弾く。イントロが終わると岩波先輩が普通に歌い出したからどうやら間違ってはいないらしい。

妙な感じだ。俺のキーボードの上に弦川以外の人の歌が乗っている。後夜祭のライブで岩波先輩の歌と一緒に演奏したときは別に違和感を覚えなかったのに、今はなぜか不思議な感じがする。弦川と演奏するときみたいなしっくりくる感じがない。ピースのハマるべき場所にぽっかり穴が空いたままになっているような感覚。

違和感を覚えながら、しかも初めて見る譜面で、コレジャナイ感が半端じゃない演奏だったが、どうにか一回も止まらずに一曲弾き切ることができた。

しかし気力を使い果たし、弾き終わるころには俺は虫の息になっていた。

と――。


パチパチパチパチ！


外で拍手がしたかと思うと、ガラガラっと戸が開いて、拍手の主が顔を出した。

「すごい、上手だった！」


拍手の主は弦川瑠歌。


ヒトリナハトの歌姫が部室にスキップしそうな勢いで入ってくる。

「上手なもんか。初見で弾いたからガタガタだったよ。岩波先輩の歌はさすがだったけどさ」

「乙井くんらしい音だった！　前のめりでアグレッシブな感じ！」

「それテンポに合わせられないでハシってたってことだろーが」

「あう……」

「こら奏太。瑠歌をいじめないの。瑠歌は純粋で音楽が大好きだから、奏太のさっきの演奏も感動しちゃったんだよ。私が聞いた感じも筋は悪くなかったよ。テンポはたしかにガタガタだったね」

「うっ」

自分でわかっていても直接指摘されるとグサッとくる。

「それより瑠歌、補習はどうだった？」

「……」

弦川はがっくりとうなだれた。この様子だと、補習は受けたけれど内容はあまり理解できていないようだ。

弦川は後期の中間テストが相変わらず壊滅していたので、ここ一週間は補習を受けてから部室に来る。そのせいで岩波先輩と二人になる時間が長かったのだ。

「オーケイ、ちょっと来てみ。教えてあげるから」

「……！　ありがとうございます……！」

弦川が岩波先輩の隣に腰を下ろし、教科書とノートを取り出した。すぐに岩波先輩

がいろいろ説明を始める。

二人で並んで勉強しているのを見ると、なんだか姉妹みたいに見えて微笑ましかった。思わず俺は目を細めてしまう。

——本当だったら、もうオーストリアに行ってたんだよなぁ。

後夜祭から一か月。

弦川はまだ日本にいた。

いやこれからもずっと、日本にいる。

弦川も親からチョウ高に留まることを認められたのだ。

弦川の両親は後夜祭のステージと表彰式と最後のアンコールライブを見ていたらしい。

ヒトリナハトの演奏、岩波先輩のライブに乱入する俺たち、そして岩波先輩の最後の演説とアンコールライブ。

それら全部を見て、弦川は日本にいるべきだと、考えを改めてくれたのだ。

「パパとママ、感動して泣いちゃったたって。それで言ってくれた。『この学校が瑠歌の〝居場所〟なんだね』って」

文化祭が終わって最初の登校日——部室でそう話す弦川は誇らしげだった。

俺としては、アンコールライブのあと弦川との別れを惜しんで泣き、家に帰ってからも泣いていたので、なんだか格好がつかなくて気まずかった。

でも弦川とユニットが続けられるんだから、これ以上の喜びはない。弦川は優しいから、俺が男泣きを決めまくっていたことをイジったりしないし、岩波先輩も弦川が残ったことを純粋に喜んでいたから、その気まずさも一週間で消え去った。

すでに弦川家はオーストリアに移ったので、弦川は今一人暮らしをしている。料理はできないので総菜で済ませてしまっているらしいが、何とか生活は回っているようだ。そして両親を心配させたくないからと、岩波先輩から勉強を教わるようになった。

岩波先輩は弦川に手取り足取り勉強を教えている。勉強だけでなく、先日は家で料理も教えたという。至れり尽くせり。まるで妹を可愛がるような勢いで岩波先輩は弦川に接している。

「岩波先輩、弦川には妙に優しくないですか？　俺には厳しいのに……」

俺は思わず言った。

「奏太は生意気だから」

「ひでー」

「……っていうのは冗談で。ある程度あんたは自力で音楽の勉強ができるから、応用を教えてるわけ。難しい要求してる自覚はあるよ。でも難しいってことは、つまり、一人だと大変なんだよ。一人でできない部分を私が教えてる感じ」

「そっか……光栄です」

岩波先輩が意味もなくスパルタになったり優しくなったりするわけがない。きちんと考えがあるんだ。

次の曲を弾く前に、俺は何気なくスマホを手に取った。

ヒトリナハトのSNSを開く。後夜祭の少し前に開設したアカウントで、一応毎日一回は投稿しようと思っていたので呟《つぶや》こうとしたのだが……。

「ん？」

DMが来ていた。珍しいなぁと思いながら開くと……。

「なんだこれ？」

ココロレコードというアカウントからのDMだった。

ヒトリナハト様
初めまして。
ココロレコードの吉峰《よしみね》と申します。調部高校の文化祭のステージの動画を拝見し、メッセージを送らせていただきました。

弊社では高校生限定イベントの開催を予定しておりまして、ぜひヒトリナハト様に参加していただきたいと考えております。

ひとまず、詳細などはお電話や実際にお会いしてご相談できればと思うので、ご検討くださいませ。

何卒、よろしくお願いいたします。


「どうした？」

岩波先輩が俺のスマホを覗き込んできた。

「え⁉」

直後、スマホをひったくり、じっとその画面を見つめた。

「こ、ココロレコードの公式からメッセージ⁉」

「そんなにすごいんですか？」

「めっちゃ有名なインディーズのレーベルだよ」

「有名なレーベルから、メッセージ！」

弦川が興奮した様子で言うが、俺は眉をひそめる。

「有名なんですか。……スパムとかじゃないですか？」

そんなすごいアカウントが俺たちみたいな高校の同好会にメッセージを送ってくる意味がわからない。

「違う。きちんと公式マークついてるし、私がいつも見てるアカウントだよ。すごいよ二人とも！　ココロレコードって言ったら名門中の名門。ここで活動して、メジャーに行ったアーティスト、めちゃくちゃたくさんいる。絶対、話聞きに行ったほうがいい」

「インディーズ？　メジャー？」

なんとなく聞いたことのあるような言葉だったが、俺は咄嗟に意味を理解できない。

「だーかーらー、プロ目指せるかもしれないってこと！」

岩波先輩がじれったそうに言う。

「プロ……？」

それってつまり、音楽で飯を食うってこと？

マジで？

［プロフィール］
高橋びすい（たかはし びすい）
千葉県生まれ。牡羊座、O型。ラノベ作家、シナリオライター。主な作品に『エヴァーラスティング・ノア この残酷な世界で一人の死体人形を愛する少年の危険性について』（MF文庫J）、『私より強い男と結婚したいの』（ファンタジア文庫）、『コードギアス 反逆のルルーシュ外伝 白の騎士 紅の夜叉』（HJノベルス）、漫画エンジェルネコオカ「サイレント・ライオット」（シナリオ）などがある。好きな楽器はエレキギターとアコースティックギター。

ハジマリノウタ。

2024年4月30日　第1刷発行

著者	高橋びすい
発行者	矢島和郎
発行所	株式会社 飛鳥新社 〒101-0003 東京都千代田区一ツ橋2-4-3 光文恒産ビル 電話　03-3263-7770（営業） 　　　03-3263-7773（編集） https://www.asukashinsha.co.jp
デザイン	野条友史（BALCOLONY.） 小原範均（BALCOLONY.）
校正	ハーヴェスト
編集協力	アトリー（一木伸夫） RelatyLS（梅村宜子）
印刷・製本	中央精版印刷株式会社

ISBN 978-4-86801-010-4

編集担当　内田威

with stories 支援プロジェクト

物語が一歩踏み出す原動力になれたら。本レーベルの想いを込めて、本書の売上の一部を「能登半島地震復興支援」へ寄付いたします。物語と共に、前に踏み出す人たちを応援します。

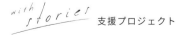